U0920357

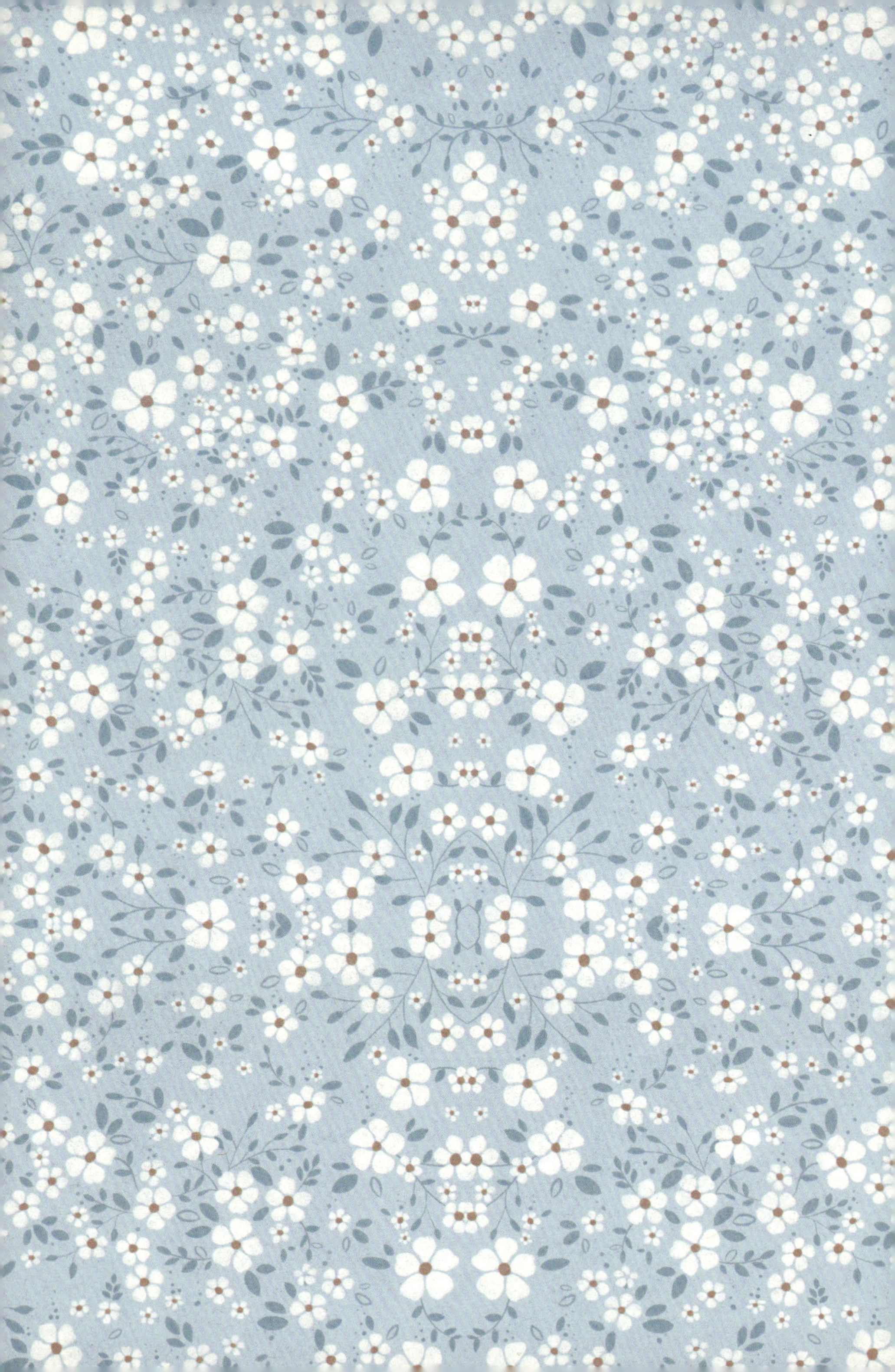

小花阅读【爱不嫌迟】系列04

繁星

文 / 溯汀

【我们都曾如尘埃，
但终会闪耀如漫天繁星】

上海故事会文化传媒有限公司
上海文化出版社

溯　汀

Su　Ting

小 花 阅 读 签 约 作 者

来自美丽的大连，水瓶座，AB 型血。

天马行空爱幻想，脑洞大到收不住。

喜欢一切温暖可爱的事物。

梦想有一天能凭借自己的力量温暖别人。

代表作：《繁星》

X I A O H U A Y U E D U A I B U X I A N C H I

作者前言

追逐繁星的孩子

二月份的时候，若若梨大大告诉我长篇的名字定了，叫《繁星》。

当时我被自我厌恶折磨了一个月，看到这个名字，念出它时，脑海里出现了寂静的黑夜里缀满星星的画面。

瞬间开心到想转圈，心想，我的第一个“孩子”有名字了，一定要更努力一点才行，我就这样，被奇迹般地治愈了。

故事里，桐衫要追逐的繁星，是杨斐那可望而不可即的爱情，是多年努力后对当初弱小自己的交代。

而我的繁星是梦想。

我是个胆子很小的姑娘。

从小就有写东西的想法，一直藏在心里不敢和别人说，到大学终于有了机会就开始正式实施起来。

“黑夜”当然是少不了的啦。

先是从打字都只能一根手指敲，到标点、格式、冲突、障碍的设置等一点点开始，再是投稿后无人问津的阶段，最后，孤身一人来到长沙求一个实现梦想的机会。无数次追问自己真的可以吗，自我折磨与打击过后，又无数次重新站起来。

但是正因如此，“星星”才会更闪亮。

那些写完第一个故事后的满足感，短篇第一次登上《星星花》后激动到发抖的心情，来大鱼面试成功后的喜悦，都使那些暗夜变得不值一提。

对我来说，写作这件事，就是星与夜并存的。

星让夜更加闪亮，夜让星有所依托。

真的很幸运，在很久以前就是大鱼的读者，上大学后写稿也登上了大鱼文学网和《星星花》杂志，面试成功后，加入小花阅读，现在这本书里我又是以小花阅读的签约作者出版的。

有很多人要感谢。

感谢烟罗大大和若若梨大大对我的包容与鼓励，让我在大鱼有这么珍贵的体验，今年七月我还会重回长沙的。

感谢爸爸妈妈，能支持我一个人从辽宁来到湖南，选择写作这样一个职业。

感谢曾在小花三组一起陪伴过我的每一个小伙伴。

感谢我人生中的第一个编辑喵团大人，感谢你让我有短篇登上杂志那么美好的经历。

还要感谢我的朋友们：西米露、大哥、露璐、汉子、龟龟。因为害羞，写东西这种事我很少与人提及，谢谢你们一路给我的安慰与鼓励。从写稿起就一直暗戳戳地想着，如果有一天我真的写了书，一定要把你们的名字印在上面。

谢谢大家给了我这么多的爱。

这是我第一次写长篇，很抱歉，作为作者的我能清楚地感受到它的缺点与不足，但同时，我也明白，只有继续写，这些缺点才能有机会在下一个故事里得到改正。

最后，祝我的读者们，都能找到自己的星星，并努力去追逐它。

星星那么远、那么美，追逐它的过程虽然很辛苦，却也真的好幸福呀。

我向你们保证。

湘汀

小花阅读

【爱不嫌迟】系列

《春迟》
打伞的蘑菇 著

标签：医疗废品回收 | 两小无猜 | 三人游 | 女追男之路

内容介绍：医疗器械回收厂厂长的女儿路冬夏为了替父亲分忧，拉到一门生意，却在过程中喜欢上了想要合作医院院长的儿子。女主路冬夏在追求男主穆迟深的过程中遇到了很多莫名其妙的危险，不过两人也在这些危险之中感情逐渐升温。

但最终，女主终于发现这一切的危险和医疗器械的问题都与自己的父亲相关。

穆迟深揭露了冬夏爸爸的恶行，她爸爸在逃亡途中意外身亡。

路冬夏最终选择了离开，独自行走异乡……

《刺槐》
野榈 著

标签：关注走失儿童 | 长腿警察叔叔 | 养成系 | 爱不嫌迟

内容介绍：十五年前，一场救援行动，简桦初遇季诚楠。他是为人民服务也为她服务的警员，而她心有困兽不让人靠近。

监护人与被监护人的关系，他用他心里仅存的善良关心照顾着这个女孩。

她忍受亲如家人的生离死别，他陪她一起面对。

她在学校生活里受尽欺凌，他把她推至前面让她学会反抗。

她萌生爱意，他却误以为是对另外一个人，把她推向别人。

她想要找回亲生父母，他虽不愿意却尽心帮忙。

季诚楠，我这一辈子，从坏到好，从死到生，都是你给我的。只要想到你的名字，哪怕前面是高山，是深海，是荆棘万里，我也义不容辞奔向你。

《骄阳》
晚乔 著

标签：大学生裸贷 | 冥冥之中的相遇 | 女二是明星 | 小白兔的反扑

内容介绍：家境贫寒的女大学生楚漫偶然认识了冷面律师沈澈，因为楚漫奶奶生病急需手术费，楚漫在法律意识薄弱的情况下，擅自将身份证借给闺蜜，在闺蜜的帮助下，奶奶手术费的贷款很快到账。

虽然解了这次的燃眉之急，楚漫却发现自己掉入了一个更大的深渊！

不久后，网上四处都是楚漫拿着身份证的“特殊照片”。

楚漫受到了来自社会和学校等各方面的谩骂。

无奈之下，她想到了沈澈——拥有一面之缘的知名大律师。

他，会帮她吗？

《繁星》
溯汀 著

标签：婚纱设计师 | 前任和婚礼 | 假扮情侣 | 听说爱像云

内容介绍：作为报复，桐衫在时装秀声名鹊起后，做的第一件事是亲手为前情敌准备了婚礼的礼服。

在婚礼现场，她不出意料地遇到了终止钢琴巡演来“抢婚”的杨斐。

高中时，她为生计早早挑起了家庭重担，跑到琴房偷偷做起了裁缝，而他为了陪她，找了个借口在她的缝纫机旁为她演奏钢琴。

少年少女不敢表达的心意最终酿成一场误会。

她逃离故乡，为了有一天能与他比肩，而他看着她留下的一堆碎布，不知哪个才是给他的衣裳。

多年后再相见，他问她：“嫁衣，你敢不敢做？”

原来在最初的最初，小小的他说爱像云朵，飘忽不定。她摇头，手心摊开云朵状的棉团——“如果我爱他就要给他做件衣裳，牢牢地把他锁在身旁。”

与《繁星》有关的那些事

新闻背景

1998年，某女星以一袭华美低调的宝蓝色礼服裙出现在奥斯卡颁奖典礼上，而上身则简单地裹以丈夫的白衬衣，优雅大胆的搭配立刻谋杀了无数菲林。而设计这套宝蓝色礼服的华人设计师Vera Wang（王薇薇）也一举成名。

时至今日，全球每年大约有一万名新娘购买王薇薇的婚纱。

一套Vera Wang的婚纱，如同一颗Tiffany的六爪钻戒一样，象征着神圣、珍贵的爱情承诺。

《国际先驱论坛报》称其为“第一位以中国之根而被全球公认的时装设计师”。

涮汀

其实《繁星》一开始是来大鱼之前准备的一个短篇大纲，讲一个久别重逢的故事，后来写着写着就变成了长篇，随着故事的细化，内容也要丰富详细很多。

女主桐衫的设定是一名时装设计师，写之前我想要找一些实例做参考，当然避无可避地想到了华人设计界最有名的 Vera Wang（王薇薇）。

王薇薇年轻时是一名花样滑冰运动员，错失参加奥运会的机会后，投身时装界，积累多年，设计过花样滑冰运动服、礼服、婚纱，最终成为一名顶尖级的服装设计师。

我没有奢望让我的女主角像王薇薇一样蜚声国际，我希望给我的女主设计成有点弱小、怂，有点财迷，看上去像是没有光芒的“石头”，但同时她又有独立勇敢的性格，为了追逐男主这个遥远耀眼的“星星”，蛰伏多年，努力把自己变成漫天繁星中的一颗。

另一方面，《繁星》的男主杨斐是一名钢琴家，这个职业设定是因为我很喜欢《卡农》，觉得这首曲子“一个声部的曲调自始至终追随着另一个声部，数个声部的相同旋律依次出现，交叉进行，相互模仿，追逐缠绕，直到最后，最后的一个小节，最后的一个和弦，它们会融合在一起永不分离”，这个点特别吸引我。

桐衫和杨斐都不是一生顺遂的人，都有一些看得见看不见的灰暗经历，承受了这些。付出更多之后，才在他们各自的领域发出光来。他们是指引彼此方向的星星，星轨曾有过短暂交叠，错失过，最后又在黑暗的夜空中彼此照亮。

小编寄语

不管有过多么灰暗的曾经，也不要放弃成为繁星的机遇。

FAN

XING

目录

FAN
XING

目
录
FAN
XING

XIEZI

楔子

这是 A 市阴雨连绵一个月后难得的晴天。

教堂左上角的玻璃倾泻一注阳光，照在新娘圣洁的婚纱上。

据说这件婚纱用了三种不同色调的象牙银轻纱制成，拖尾足有三米，腰身处绣着新娘最喜欢的蕾丝鸢尾，抹胸的款式，显出新娘好看的锁骨，最漂亮的当数头纱，蕾丝花边点缀着细钻，阳光下，新娘宛若天使降临。

桐衫为了制作它足足花了三个月，那是她在巴黎时装周名声大噪后最受媒体关注的时期。很多不明白她为什么用这么宝贵的三个月去做这件婚纱的人，在如今见到这件堪称艺术的作品后，也都纷纷赞许。

只有桐衫知道，只能是它。

这件准备了三个月的衣服，一定不会辜负她的期待。

当新娘踏着瓦格纳的《婚礼进行曲》入场时她还有些忐忑，指节被她攥得发白，而当新郎新娘在牧师的见证下即将说出“I do”时门被意外打开的那一刻，她的指节终于得以解脱。

门被人推开，刺目的白光照进这古老庄严的教堂。

他来了，如她预料般刚刚下飞机，穿着巡演时的西装，眼神焦急又热切。

周围的人都倒吸一口凉气，那些穿着精致小礼服的女士纷纷整理仪态。

来者是天才钢琴师——杨斐，为了参加前女友的婚礼，他终止了全球巡演。

桐衫后面的男士说出了众人的心声：“该不会是抢婚吧？”

我们的抢婚主角杨斐，用锐利的目光在婚礼现场扫视一周后看到了桐衫，皱了皱好看的眉，好像在说，果然是你搞的鬼。

桐衫直着身子回视他，挑衅地笑。

这一刻，她等了太久。

KANONG

第一章
卡 农

可二十二年的人生经验告诉桐衫，回报和期待总是不成正比的。

她还没有好好过瘾，没来得及仔细欣赏杨斐那难得一见的表情，就被送到了市郊临近湖泊的草地上。

据说是为了方便招待宾客，新郎新娘特意选了这里继续婚礼的后半程。

茵绿的草地上架起一座巨大的鲜花拱门，拱门和白桌布上的装饰都是为了搭配新娘香槟色小礼服的香槟玫瑰，还特地邀请了米其林顶级厨师来现场制作主菜和小甜品。

即使这么大费周章，桐衫还是能一下子透过现象看出事物的本质：在教堂里，新郎、新娘不好意思收份子钱。

桐衫穿着自己设计制作的青花旗袍靠在一张甜点桌前，正为自己的机智点赞，忽然被一个穿着华贵的富家小姐拦住了脚步。

“麻烦帮我拿杯酒。”

这是，把她当侍者了？她穿得很像服务员吗？

桐衫扫视了会场一周，发现女侍者确实都穿着白上衣搭配绿色裙子，而男侍者则是白衬衫蓝色西裤。她咬了咬牙，生平第一次觉得自己的设计师身份受到了侮辱，并坚信侍者的衣服绝对是几天前新娘在打听到她准备穿这款旗袍之后故意安排的。

“小姐，”桐衫叫她，耐心地讲解，“你看哈，这花样是我自己设计的，青花也是我一针一线自己绣上去的，还有这面料，在阳光下是会浮现暗纹的，你看没看到……”

“所以？”富家小姐打断她，有些不耐烦地皱了皱眉。

桐衫压着心里的小火焰，从复古钱夹里拿出自己的名片，递给她：“所以，我是新娘婚纱的设计师。”

刚刚还臭着一张脸的富家小姐看到名片马上变了脸色，张大嘴巴看着桐衫，连忙神经质地跑开。

就在桐衫歪着脑袋不明所以的时候，富家小姐不仅自己又跑了回来，还叫来了她的姐妹团。她们激动地说很喜欢桐衫设计的婚纱，想要她的电话，让她帮忙设计礼服。

在众人的簇拥下，桐衫感觉刚刚被伤到的心再次满血复活，微笑着一一留下了自己的名片后，忍不住在内心给自己鼓了个掌，很好，生意主动上门了。

桐衫转了一圈后，随意找了个人少的地儿坐下，在侍者花花绿绿的托盘里拿了一杯看起来度数最低的红酒。

她酒量浅，平常很少喝，可这次不一样，她怕自己控制不住。

三十分钟前，出人意料地，杨斐并没有抢婚。

他在吸引了众人的目光之后，转身双手关上了教堂的门，隔绝了刺目的白光，俊朗的脸在那一刻变得渐渐清晰起来。

桐衫清楚地看到杨斐收敛了眉眼，微微倾了倾身子，薄唇轻启，对着众人说“抱歉，我来迟了”，像是他本应在受邀之列，而现在不过是飞机延误后的迟到。

他淡定地环顾一周，最后在桐衫旁边的空位置坐下，安静地当起了观众。

像一切都没发生过，一阵插曲过后，婚礼正常进行。

只有桐衫，因为杨斐坐在身边而变得僵硬，紧张到吞了好几次口水。婚礼间隙，她偷瞄杨斐平静的脸，不确定他刚刚的焦急和热切是不是自己的幻觉。

人真是越长大演技越好了，不对，她忘了，杨斐本来就很会演戏。

杨斐似乎感觉到她的欲言又止，食指放在唇中间，做了个噤声的手势，眼睛平视前方交换戒指的场景，对她说："嘘，桐衫，你走了五年，我们还有很多账可以慢慢算，不急。"

明明天气很好，温度也不低，桐衫却还是实实在在打了个哆嗦。

草地上原本就有一个舞台，在仪式结束后，杨斐一点也没浪费演出的定制西装，还穿着它主动上台演奏钢琴曲。

桐衫偷偷扯下婚礼上的一枝香槟玫瑰，表面上非常小孩子气地和花瓣过不去，实则竖起耳朵认真地听琴声。

是《卡农》。

桐衫第一次见到杨斐时，他就在弹这首曲子。

她忍不住偷偷抬眼，看向远处舞台上演奏的杨斐。

他们中间隔了七八张桌子，几十个脑袋，应该是个可以更大胆看他的安全距离。

然而眼前的一切太过熟悉，让桐衫不禁想起十五岁那年她意外看到的那个小小的木制舞台，原本喧闹的礼堂一下子安静下来，厚重的红色帷幕被拉起，她看到那个正襟危坐的少年。

两个场景渐渐重合。

和多年前一样，面对钢琴时杨斐近乎虔诚。

他穿着剪裁合身的黑西装，挺直了脊背端坐在白色钢琴前，像进行一场对神的祷告。

阳光给他的侧脸镀上一层金边，让那原本毫无表情的脸显得柔和又亲切，他的手臂轻柔地放下又抬起，琴键如流水般被他修长的手指拨弄。

时光像是从来不曾移动，却又不知不觉走了那么远。

在众人的掌声下，桐衫回过神。

曲毕，新郎主动上前和杨斐握手表示感谢，杨斐眼神平静地回礼。新郎比杨斐矮一个脑袋，弯腰时气势一下子就被杨斐比了下去，桐衫觉得这不像一场婚礼，更像是他的个人独奏会。

这个人总是这样轻易地就能掌握主导权。

一点也不好玩。

或许这场游戏本身，就是个她注定不会赢的死循环——杨斐为了新娘抢婚，她会不开心，杨斐为了新娘想将她最重要的婚礼继续维持下去更让她不爽。

真的有那么喜欢白安安吗？喜欢到不想让她的婚礼受到一点破

坏，甚至委屈自己在婚礼后演奏钢琴助兴也没问题？

桐衫望着舞台上的杨斐，心像是被手中香槟玫瑰的刺扎了一个孔。

他和五年前一模一样，桐衫想，一样维护着白安安。

对了，白安安正是这场婚礼的新娘。

此刻，白安安已经换下婚纱，穿着更方便行动的香槟色小礼服。这件礼服和新郎的西装都不是桐衫设计的，这不在他们的预定范围。

白安安在敬酒的间隙找到桐衫，步伐娉婷地走向她，在她右边的位置坐下。

白安安化着精致的妆，亲切地拉过桐衫的手臂："阿桐，你最好了，我今天的婚纱绝对碾压全场。"

桐衫不着痕迹地往后退了退："没什么，你不是也按我们说好的，让杨斐在婚礼前一天才知道你要结婚的事，我们扯平。"

三个月前。

桐衫在时装周上声名鹊起后，就回国在A市找了个安静的角落一间废旧的茶楼当自己的工作室。茶楼外围稍加修整就能用，里面的布局还需要耐心地收拾规划，再加上她那些工具和布匹材料，全弄好怎么也要一个月。

白安安就是这时找上门的。

当时工作室还没完全整理好，更没开始宣传，但她最近风头正劲，圈子里总有人知道她的位置，也就告诉了正要找人设计婚纱的白安安。

桐衫在巴黎用的不是本名，白安安慕名而来见到她时也是一愣，接着，眼睛里就开始冒出金光。

桐衫觉得白安安是想让她看在老同学的面子上打八折。

她在一堆布料前抬起头，简单交谈后得知新郎不是杨斐时，她也很是惊讶，看着白安安那一脸对幸福的憧憬，那句“为什么”卡在嘴边，怎么也问不出口。

不知是怕伤了白安安的心，还是自己的。

桐衫知道杨斐三个月后有巡演，就提出让杨斐在婚礼前一天才能知道这个消息的条件，想看看白安安是不是真的不在乎杨斐了，而对杨斐来说，白安安和钢琴哪个对他更重要？

依目前情况看来，结果是新郎胜过了杨斐，白安安胜过了钢琴，而精心策划了这一切的桐衫处于食物链的最底端，哪个都赢不了。

她觉得自己这些年的努力像个笑话，难过地闭眼深吸一口气。

身边的白安安看着台上的杨斐，轻轻地开口：“阿桐，你知道吗？

《卡农》并不是曲子的名字，它是一种规则。

“一个声部的曲调自始至终追随着另一个声部，数个声部的相同旋律依次出现，交叉进行，相互模仿，追逐缠绕，直到最后，最后的一个小节，最后的一个和弦，它们会融合在一起永不分离。

“真美呀，对吧？”

桐衫看着白安安的侧脸，不知道是气氛使然，还是今天的新娘身份让白安安的气场变得特别不一样，她竟然觉得白安安很漂亮，不是上学时那种张扬尖锐，恨不得把所有人比下去的漂亮；此刻的她，在微风的吹拂下，柔软发丝轻轻摆动，目光柔和而温柔，像一朵淡紫色的鸢尾花。

桐衫听出她意有所指，托着下巴认真地思考了会儿。

如果说白安安和杨斐是两个不同声部，那婚姻难道是她口中的一个小节，而数个婚姻后，他们最终一定会在一起？

桐衫被自己的想法吓到，转头一脸严肃地看向白安安：“我知道我这么说可能有点唐突了，可是白安安，你才刚结婚就想着离了？！”

COSFUSHANG

第二章
COS 服 · 上

A 市溯文路第三个路口长着一棵有着百年历史的巨大梧桐树，梧桐树的树荫下，一间两层楼高、古色古香的设计工作室正在装修，可来来回回只有一个年轻女孩在忙碌着。

她一会儿搬搬布料，一会儿找找皮尺，忙得汗如雨下，而她的老板呢?

她直起腰擦擦汗，看向一角阴凉处——

那个戴着草编太阳帽、穿着水蓝色的棉麻长裙、躺在藤制摇椅上悠闲地晒太阳的闲适女子，就是这个设计工作室的正牌老板，这时候她嘴里念念有词：“下午两点的时候最适合晒太阳补充微量元素了。”然后，像是想到了什么似的，忽地睁开眼睛，笑眯眯地看着那个年轻女孩，“桃子，别搬了，过来和我一起啊。”

桃子翻了个白眼，她也休息的话，这工作室肯定就乱得没法待了。

“我的老板，你还是管好自己吧，这《卡农》那么好听吗？你都单曲循环好多天了。还有，那个电话你就接了吧，响了好一阵了，比外面的知了还烦人。”

桐衫垂下头，看了看左手边那部比知了还烦人的手机，一直有电话打进来的缘故，手机的电已经没剩多少了，她犹豫了一下，第281次选择了拒接。

是杨斐的电话。

距离白安安的婚礼结束已经过去快半个月了，那天听白安安说杨斐婚礼结束之后只有半天时间停留在A市，之后就要马上回纽约完成全球巡演。

桐衫听到这句话后趁着杨斐还没走下舞台，果断跑路，离开了婚礼现场。

开玩笑，她可还清楚地记得杨斐咬牙切齿的那句：桐衫，你走了五年，我们还有很多账可以慢慢算。

傻子才会等着被揍呢。

桐衫跳下摇椅，好心情地问桃子："我们晚上吃什么呀？"看了看手表，歪头，"时间好像不太对，不然我们先来个下午茶吧？"

想着无论怎么样都有的吃，桐衫就又恢复了笑容，却被桃子无情地丢来的布娃娃抱枕砸到了头，没站稳，吧唧摔在了地上。

平时软妹的桃子被桐衫气得直吼："你这个月开张了吗？就想着吃！没开张就算了还买这么多贵重面料，买面料就算了毕竟以后总是会用到的，咱们装修简单点，上次白小姐给的设计费别都用光啊。你倒好，竟然还花这么多钱装修，这个月我们财政赤字了，我工资还没着落呢，你知不知道？！"

桃子严重怀疑如果没有她，这个见钱就眼开花钱还大手大脚的老板根本活不下去，最后估计得沦落到把那价格贵得要死的设计带去街边摆地摊论斤卖。

"呃，我现在知道了。"

桐衫对眼前这个掌握订餐电话，随时决定她下一餐有没有肉的员工显得特别狗腿，把桃子让到椅子上，还泡了杯刚买的龙井茶。

"小的一定努力工作，争取下个月给桃子娘娘发奖金。"

态度倒是好，桃子被她逗得想笑，火气消了一半，不一会儿又露出担忧的神色："可我们现在都没订单……"忽然想到什么，"你不是说上次婚礼有好多人给你留了电话吗，要不现在打打问一问。"

桐衫站起身，拍拍腿："这太掉价了吧……"

"那咱们未来都喝西北风？"

感受到桃子飞来的一记眼刀，桐衫风一般跑到办公桌前。

电话虽然不得不打，但是可以打得有技巧。

比如现在，桐衫坐在转椅上转圈，非常有技巧地拨出婚礼那天把她当成服务员的富家小姐给她留下的电话。

"你好，是付小姐吗？我是设计师桐衫。白小姐婚礼那天我记得你说要找我设计礼服，还把那么多好朋友介绍给我，真是谢谢你了。但是现在我这边时间排得也挺满的，你可能得等到三个月以后了。"

感受到不远处桃子震惊的眼神和握紧的小拳头，桐衫比了个放心的手势。这是桐衫的策略，先让这位付小姐有紧张感，等她预约了再告诉她之前预约的人里有位客人临时取消了订单，说可以提前给她做衣服。

机智太机智。

没承想电话那边幽幽地问："最近没接到订单吧？"

桐衫愣在原地，如此机智的计划她是怎么看出来的？

"是我让那些姐妹先不要去你那儿的。"

狠毒，太狠毒！

“当然啊，毕竟我得先验验货才能放心推荐给我的姐妹嘛。”

“所以你是想？”

“我想你给我做件 COS 服。”

……

COS 又称 COSPLAY，是指利用服装、饰品、道具，以及化妆等来扮演动漫作品或游戏中的角色，而服装无疑是最直观展现角色的工具。可是，让一个小有名气的设计师去做 COS 服装，无疑是一种变相的羞辱。

桃子冲了过来，气愤地想要挂掉电话，对方这太欺负人了！

桐衫护在了电话前：“这个有点为难我了，付小姐，那价格方面？”

付小姐说了个数字。

“好，我这就做！”

电话挂断后，桃子觉得自己是逼迫杨白劳的黄世仁，看着桐衫的眼神带着怜惜：“老板，要不咱不接了，让你一个曾在日本学习又从巴黎镀金回来的设计师做 COS 服确实太委屈你了……”

其实付小姐给的价格还是很喜人的，和一件礼服也差不多了。但桐衫是谁，看到桃子心疼自己，抓紧机会装委屈，拉着桃子的小手，深情地看着她：“为了养桃子做什么都不委屈，”眨巴着眼睛看桃子，

“我要喝排骨汤。”

“做！还得要中间那截最好的排骨，我这就去买。”

桃子迅速穿戴整齐准备出门，一副为了给孩子补身体的老妈子表情，完全没有了刚才训桐衫时的恨铁不成钢。

说实话，其实真没有那么委屈，毕竟桐衫在高中的时候为了养家，手帕、围巾、小布包她都做过，也给周围的同学做过一些 COS 服，有一次班级舞台剧的戏服还是她负责的，算是有经验。

况且服装设计制作行业发展形势不错，COS 这方面也是一个市场空缺，虽然如桃子说的她是走比较“高端”的路线，但为了立足，做些尝试还是有必要的，毕竟，付小姐的姐妹团人数真的不少，诱惑太大了！

还没等桐衫畅想完富家小姐姐妹团都来找她做衣服、人民币哗啦啦都流入她钱包里的美好画面，就收到了付小姐的微信消息，是付小姐要 COS 的人物图片。

桐衫眯了眯眼睛，刚刚的好心情一扫而空。

不是现在流行的动漫，也不是游戏人物，是念了十四年小学还没毕业的柯南。

怎么偏偏是柯南呢？

印象里上次看柯南还是桐衫十五岁的时候——

那时候，桐衫以高出分数线两分的成绩考入了杨斐所在的一高。好巧不巧赶上教育部改革，他们那届没有重点班，最后从出生就一直倒霉的桐衫竟然好运地和杨斐都分到了九班。

开学典礼前，班主任说要以班级为单位表演节目，桐衫就主动承包了服装，而杨斐分到的舞台装就是柯南。

一直到彩排当天，也许是杨斐板着一张脸的缘故，抑或是同学们都畏惧柯南那个“见到谁谁就会死”的传说，总之，大合唱队形中穿着别人挑剩下的“花老鼠”衣服的桐衫被推到了“杨柯南”右手边唯一会站人的地方，他左边的空位，摆了一架钢琴。

……

桐衫坐在办公桌前转了转椅子，发现记忆忽然出现了断层，杨斐是钢琴天才，高中的时候就已经拿了不少奖项了，当初老师怎么没让他弹？

当时那首歌还是桐衫提议唱的呢。

不对，老师同意了，那杨斐是怎么说的来着？

好像是在任务分配下来以后，杨斐立即站了起来，义正词严地说：“老师我拒绝弹奏《假如我有仙女棒》。”

多年后的今天，杨斐不在，桐衫终于可以大声笑话他，笨蛋，那叫《小叮当》。

“老板，要是我，我也拒绝。”桃子买菜回来，看到桐衫趴在桌子上自己哈哈大笑，好奇地问了原因后，认真地给出了这样的回复。

“怎么呢？《小叮当》很高端的好不好？”

怕桃子不信，桐衫凑近她解释：“你看第一句歌词就蕴含了无穷哲理，‘假如我有仙女棒变大变小变漂亮’。”

桃子以为自己没听清，拍了拍耳朵：“哲理在哪儿？”

“没听出来？注意眼神！”桐衫指了指自己的眼睛，“假如我有仙女棒。”说完看看自己的小胸，“变大。”又去看桃子的大胸，“变小。”最后看了看镜子里自己的脸，“变漂亮。”

不顾桃子羞愤的脸，她摇摇头看着镜子里的自己一脸陶醉：“简直是人生的终极梦想。”

最后，不出意料地，桐衫又被打了。

COSFUXIA

第三章
COS 服 · 下

在桐衫辛苦工作了十天，桃子也辛苦地给桐衫炖汤十天后，夏季的末尾就这么悄然无声地到来了，第一个发现这件事的是桃子。

她拿着抹布隔着玻璃窗看外面有些阴沉的云朵，语气里也带了丝惆怅：“老板，外面知了的叫声弱了，怎么你的手机也不响了？”

“是吗？”桐衫工作太久有些疲倦，茫然地从工作台上抬起头，拿起被她忘在角落的手机，她一忙起来就六亲不认，还真没注意。

哟呵，还真就再没打电话来了，在手机键盘上打出那串没有备注却已经背熟的号码，就看到自己不知什么时候把他拉入了黑名单。

桐衫挠挠头，她好像错怪了人家杨斐，人家依旧是复仇心切的，应该是她当时工作忙，觉得铃声吵随手拉黑就给忘了。

解除黑名单的时候，桐衫不小心手滑碰到了拨号键，吓得她从转椅上掉了下来，一下子精神了，爬起来时手颤抖着想按挂断键，却越着急越乱，怎么都挂不断。

这些天装出的高冷形象短短几秒就破灭了，桐衫拿着等待接听中的手机有些不知所措，刚想认命地接听，就看到电话还没接通就被挂断。

这是被拒接了？她竟然被人拒接了？

错愕中，桐衫看到手机收到了一条陌生手机号发来的短信。

“我是杨斐，手机刚刚没电自动关机了，这是斯派克的手机，巡演未结束，勿念。”

语气轻松得仿佛他们仍旧很熟悉，而其实那是再自然不过的问候语而已。

可桐衫瞬间不淡定了。

谁……谁……谁想他了呀！五年没见他怎么变得这么厚脸皮？

“老板，你脸怎么红了？”桃子看着桐衫忽然涨红的脸忍不住发问，“春天明明已经过去了呀。”

“你才发春！”桐衫眼疾手快地把身边的布熊抱枕丢向桃子，可惜经验不足加上力道不准，只打在了桃子刚擦过的玻璃上。

打人不成反倒被桃子耻笑，气得她想反手再丢一个却发现身边已经没有抱枕了。

“以后应该多缝几个布兔子、布狐狸、布河马……”还没等桐衫说出一整个动物园的时候，微信响了。

是付小姐。

“你会为顾客保密的对吧？一定不可以说出去哦。”

语气竟然有点软，一点也不像前几天才威胁过她的那个神经质大小姐。

桐衫心也软了，刚想说“放心，这点信誉我还是有的”，她还没来得及发出去，就收到下一条微信：“加钱可以，绝对不能说。”

钱？桐衫眼睛瞬间亮了，手速变得飞快：“誓死保证忠诚。”还在结尾处加了一个戴着头盔的大兵表情。

“我明天能验货吗？”

“能啊。”

桐衫对于能收到钱的事，一向是爽快得不得了。

放下手机的时候，桐衫支起下巴挑眉看向正在忙着打扫的桃子，想着，这COS服什么时候成需要保密的东西了？又不是情趣内衣……

桃子这辈子最怕老板挑眉，一挑眉就代表她又有什么坏主意了，一有坏主意了最先受连累的肯定是自己。

这不，整个下午桐衫都在桌前写写画画，快下班的时候桐衫拉着桃子出门给自己和桃子分别买了一顶假发，桐衫是银色短卷发，桃子的是黑长直，右边脑袋还用发胶粘出一个尖，接着，她又回到工作室连夜做了一套白大褂和跆拳道服。

第二天付小姐如约而至，穿着很漂亮的贴身小礼服，妆容也精致得像是刚去过什么重要场合，却难掩脸色憔悴，说话的语气也弱了下去。桐衫观察了好一会儿，发现付小姐身上的刺真再没竖起来。

桐衫让桃子给付小姐化了个二次元妆，再戴上准备好的柯南同款眼镜、手表，等付小姐换衣服的时候她俩也开始行动了。

付小姐拉开更衣室帘子的时候看到了这样一幅画面：桐衫饰演的阿笠博士正在安慰桃子饰演的哭泣的毛利兰。

“博士，新一真的不会再回来了吗？”小兰焦急地扯着阿笠博士的袖子。

“会的。”阿笠博士在心里也这么对自己说。

“那，是什么时候呢？”小兰流着泪，真的相信了那安慰人的话。

阿笠博士被小兰问住了，想了一会儿说：“要相信，总会有那么一天的。”

桐衫比桃子年龄大，却要矮一个半脑袋，为了让桃子能靠着她的肩膀，她不得不踮着脚，而且阿笠博士的胡子没粘牢，表演的时候掉了一半，在她脸上摇摇晃晃的。

按理说，应该挺搞笑的。

可没有听到笑声，耻笑都没有。本来下一步计划是想让桃子去抱住从更衣室出来的付小姐饰演的柯南，深情地凝视她，说，我不介意姐弟恋，然后 Happy Ending。

桐衫戳了戳迟迟没有下一步行动的桃子："快上去继续演呀。"

桐衫这才转头看见更衣室门口的付小姐，她穿着柯南的衣服蹲在白色瓷砖上，把自己包裹在更衣室的米色拉帘里，不想让她们看到她的样子，可帘子也阻隔不了她号啕的声音，确实是哭了没错。

这完全是在她们的意料之外的，桐衫早就感觉到柯南这个角色对付小姐意义特殊，可没想到它会让付小姐哭得那么不顾形象。

两个小时后，付小姐从帘子里走了出来，对着工作室的镜子自己把哭花了的妆卸掉，又化了个简单的淡妆。这世界上是有这样的人的，总是要以完美的面貌出现在人前，哪怕接下来她要讲的是一个不完美的故事。

付小姐说她喜欢过一个男孩，男孩和她青梅竹马，他长得特别像柯南，圆圆的眼睛，戴着大大的眼镜，从小就比别人聪明很多。那个男孩一直关注着《名侦探柯南》，从 1996 年它第一次在中国播放到现在，已经关注了将近二十一年，是个忠实的柯南迷。

他们从小就在一起，说好以后要念同一所高中、同一所大学，永远在一起。

“后来怎么样了？”桃子忍不住多嘴，桐衫瞪了她一眼。

“后来？”付小姐周身的防备忽然变强了，哭声也小了很多，“他死了，像柯南一样永远地停留在小时候。”

“所以你 COS 柯南是想看你男朋友长大后的样子？”

说实话，这想法有些蠢，付小姐没想到桃子会追问，呆了一下，眼光看向别处，点点头。

“是前男友。”她纠正道，“那时候小，他信誓旦旦地说会娶我，一定不会像新一离开小兰一样离开我，我就信了，可是现在柯南还会偶尔变回新一，而我们之间却再无可能。”

等付小姐走的时候已经下午三点，桐衫让她带走了桃子炖的排骨汤，桃子站在门口看着付小姐纤瘦的背影和她头顶那一片快把她压垮的阴云，回头对桐衫感叹：“老板，付小姐好可怜啊！”

“她没全说实话。”桐衫坐在椅子里双手捧着碗喝了一口热气腾腾的排骨汤，在雾气中看向远处被挂起来的柯南的衣服，付小姐付钱后就把它留在了桐衫的工作室，仿佛留下了一段回忆，“至少在前男友小学时候死掉这点有隐瞒。”

“怎么说？”

“很简单呀，她先说前男友喜欢了柯南二十一年，又说他死在了小学，这前后矛盾啊。”

桃子头一次觉得自己老板智商还是在线的。

“哇，厉害，”桃子来了兴趣，搬过椅子，坐在桐衫身边，虚心求教，“老板，你还看出别的了吗？”

桐衫慢悠悠喝完最后一口汤，摊摊手，一语双关：“没了。”

只是，付小姐哭的那一瞬间，桐衫真切地感觉到付小姐的难过，好想隔着帘子抱抱她。

桐衫洗手后，把柯南的衣服收了起来，任思绪飘远，觉得刚刚那种情绪的来源，可能是她们都曾在年纪还不大的时候喜欢过那样一个“柯南”。

他定格在你记忆深处，无论你长大后变成了何种模样与过去多么不同，他都在回忆里不老不死，不散不灭。

后来付小姐把她的闺蜜团介绍了过来，桐衫从她闺蜜那儿侧面打探了下付小姐来取 COS 服那天是什么日子。

“那天啊，不是什么特别的日子呀，让我想想，对了，那是付小姐前男友订婚的日子，她倔得不得了非要去参加。”

你爱过一个人吗？爱到缠绵悱恻不想分离。你恨过他吗？在他离开你的时候，恨不得他已经死了，这样至少可以一辈子当他的未亡人。

怪不得，付小姐一定要那天来取衣服。

大概是鼓起很大勇气和过去做个了结，谁说只有结婚需要一个仪式、一件新衣来告诉自己将迎来崭新的生活，她的离别也同样如此。

后来，那件象征着逝去的爱情的柯南装，藏着这样一段故事，一直被桐衫珍藏在店里。

而此刻，看着窗外发呆的桐衫，忽然灵光一现。

“桃子，我想好这家店以后要做什么样的衣服了。”

她不想做那种流水线的服装，她想为每个人做出那只属于他自己的，有温度有故事，能带给人温暖力量的衣服。

窗外积压很久的黑云终于滴下雨来，雨滴落在屋檐、树梢、绿叶和脚下的土地上，像万物都在一起哭泣。

可桐衫知道，只要等到明天，一切都会好起来，雨水会带走尘土，那些曾经悲伤的角落都将熠熠生辉，又会是一个新的开始。

桐衫看着窗外的雨，雨水由点连成丝，再从丝形成片，她终于拨出了那个电话。

“我真的，真的就是随便问一下，那个，你能早点回来吗？”我想见你。

无论结局如何，至少要有勇气开始。

QIANZOU

第四章
前 奏

工作室门口的轻纱珠帘响起的时候，桐衫正在工作室里一边进行服装制版一边看杨斐全球巡演的电视转播，听到坠珠撞击的声音以为是桃子采购回来了。

她头也没回，伸手招呼来人：“桃子快过来和我一起看，你杨斐哥哥上电视了。啧啧啧，这些年在日本都看不到的，你别说，真是超帅的。”

等了半天也不见动静，桐衫皱眉回头，想着平时作为杨斐头号迷妹的桃子应该冲过来比她还激动才对啊，今天怎么了？

一抬眼，瞬间被眼前的人吓得不得了。

来人是本应该在全球巡演的杨斐，他穿着浅灰色的呢大衣，看得出是刚下飞机还没来得及换衣服，和电视里一样的细碎的黑色短发，不知是不是刚才桐衫把他夸得开心了，看桐衫的目光也柔和得简直让她溺在他的眼波里，笑得露出一口小白牙，白皙又轮廓分明的脸颊上现出多年不见的梨窝。

喂，犯规了啊。明明上次见面，他还恨不得掐死她的。

桐衫告诉自己不能㞞，微笑，对，要微笑："杨斐哥哥你好，还记得我吗？你高中时我们见过的，我是桃子，你的忠实粉丝。你是来找我老板的吧？你等等我这就叫她来。"

刚想趁机再次溜走，就被杨斐抓住了衣领提了起来，桐衫披散的长发都垂到了胸前。

"桃子你好，多亏桐衫那个笨蛋，我一直都记着你呢。不用去叫她了，我怕她再跑掉我就找不到了，你来也是一样的。"说着扯了扯衣领，喉结滚动得更加明显，有些无奈地看着她，"能给我做件适合这个季节的衣服吗？虽然已经夏末，但真的有些热呀。"

谁说不是呢，真热呀，桐衫后颈处被杨斐的指节碰到的皮肤此刻也滚烫了起来。

"好。"很小的一声回答，真的㞞得不得了。

桐衫扯布的时候，偷偷抬眼看不远处的杨斐，他坐在她前阵子买的黄花梨木椅上，脱下外套，露出里面的一件白衬衫，伸手就能碰到桌旁她种的白色栀子花。他拨弄了一会儿，像是忽然想到什么，又把胳膊放在木椅的扶手上，手指托着下巴，咦了一声："不用量尺寸的吗？没关系，我可以配合的。"

本来是一个弹钢琴穿西装的人，在中国风的装修风格衬托下却恰如其分地带上了古典的书香气，一下子就融入了他身后桐衫最喜欢的水墨画中。

"不不不，是我受不了。"光想想都觉得画面香艳，超过了她小心脏的承受范围，脱口而出后她又意识到不对，"我的意思是我目测就好，目测就好。"

桐衫拿着布料有些心不在焉，非常努力地忽视背后的那道目光，她看着手下的棉布被裁剪成一块块的，想着它们会被缝合在一起，最后变成一件衣服的样子，就像人一样也是经过时光的改变雕琢变成另一番面貌的。

这五年，她和杨斐都变了，她从在人群中低头走路的自卑少女，到终于实现梦想成为有能力给人带来幸福的服装设计师；杨斐依然优秀，却比五年前要更加大胆狡猾。

然而此时此刻桐衫摸着手下的布料，觉着这一幕似曾相识，手上的动作忽然顿住，刚刚害羞的表情也不见了，冷了脸："差点忘了，我不能给你做衣服，桃子最近有和我学裁剪，我去找一找她做的衣服给你吧。"

杨斐坐在一旁没明白她的意思，以为她身体有什么不适，眉毛皱在一处，问："怎么了？"

"没什么。"

桃子抱着采购的东西回来的时候，就看到她喜欢了多年的杨斐哥哥穿着她前几天练手做的白 T 恤从更衣室走出来，不由得叫出了声，东西一下子都掉到地上。

桐衫扶额，看着桃子这个样子，觉得跟杨斐有恩怨的可能是她而不是自己。

桃子激动地凑到杨斐身边："杨斐哥哥你回来了呀，不是在巡演吗？什么时候走呀？要不不走了吧，桐衫姐姐真的特别想你。"

叛徒！桐衫在心里暗暗骂道，表面上却强装镇定，看着杨斐，一脸真诚地澄清："我没有。"

"哦？"杨斐脸色较于刚才柔和了许多，明显不信，转身拍了拍桃子的头，带了笑意，"杨哥哥接下来还有巡演，今天下午三点就要走。"

桃子立刻急了："这么赶啊！"

桐衫抬头看了下挂在墙上的珐琅钟，还有两个小时，除去开车到机场的时间，还剩半个小时，才见到又要走了。

"杨哥哥巡演结束还会来看桃子的，"杨斐弯了嘴角，循循善诱，"桃子告诉哥哥，你怎么知道你老板想我了？"

对自己最喜欢的杨斐哥哥的提问，桃子很是认真地思考了一下，小声地告诉杨斐："骂你大坏蛋、白眼狼、王八蛋，还有好多好多。"

桐衫以为她会说出什么实质性的证据，故意把耳朵凑得很近，听到这句后连忙装作低下头翻服装的样品集，十分怀疑桃子是不是在害她。

"但是姐姐那么㞞，只有越喜欢才会越放肆。"这句话倒是说得特别大声。

桐衫一时找不出反驳的话，只看着杨斐笑得很开心，笑得露出牙齿，眉眼也舒展开，穿着那件简单的白 T 恤站在阳光下，整个人如白云一样舒朗。

她站在暗处静静地看着，不小心触到了记忆的开关，回忆如洪水一般袭来。

曾经她最大的愿望就是给喜欢的人做件衣服，一件她用了全部真心和所有技巧，一针一线都倾注了爱意的衣服。

可是后来那件衣服怎么样了呢?

好像是被桐衫自己用剪刀一点点剪碎了，连带着一起碎掉的自尊，都被她丢进了垃圾桶。

那时候的阳光没有照耀她，云朵也离她而去。

命运不是对所有人都仁慈可亲。

忽然觉得刚刚和谐的气氛才是梦幻泡影，而杨斐最是擅长制造幻象。

“桃子，”桐衫语气是从未有过的严肃，“我想你误会了，有时候骂一个人没有什么别的深度层面的意思，是真的恨透他了。”

桃子不知道气氛为什么会忽然降到冰点，明明刚刚两人还很和谐的呀，可如今，她看看身旁眼神深沉的杨斐哥哥和对面忽然目露凶光的老板，忽然觉得这不是她能控制的场面了。

“哈哈。”桃子打着哈哈，企图活跃气氛，“反正杨斐哥哥不是还要半个小时才走，我们找点事情做吧。”

她数了数正好三个人：“斗地主？”

两人没反应。

看着桌案上的碎布，她又迟疑道：“过家家？”

两人还是没反应。

“不管了，看照片吧，我只能想到这么多了。”桃子把两人硬拉到一起打开相册，一副你不看也得看的气势。

看照片好，照片里都是值得纪念的回忆，毕竟没有人会把讨厌的东西珍藏在相册里。

那是桐衫的老相册，有着她从小到大的各种照片，无论是一岁时的大头照还是幼儿园和小男孩一起表演节目的照片都应有尽有。

三人坐成一排，桃子在中间最为活跃。

“老板，你小时候好漂亮啊。”桃子指着图片上的短发小姑娘，肉乎乎的圆脸，大大的眼睛，一直上扬的嘴角，非常容易让人产生怜爱心，好想抱抱她，捏捏她的脸。

桐衫顺着桃子的手指瞥了一眼，傲娇地回答说:“现在也很漂亮。”

这也是事实，褪去青春期的婴儿肥，好看的五官显现出来，漂亮的眼睛如深海黑珍珠一般，鼻梁也更高挺，留着柔软的及腰长发，再加上设计师独有的气质，即使混在美人堆里也很容易看出她的不同。

“裙子也都好好看！”

“那是奶奶给我做的。”

不同于上一句防备式的自我夸耀，桐衫这次提到奶奶的语气一下子柔软了起来。

“啊，老板的奶奶在这里。”

照片上慈祥的老人是桐衫的奶奶，听说民国时期是个有名的绣娘，桐衫很小的时候就失去了父母，都是奶奶一针一线织起那个家，是为了她辛苦了一辈子的唯一的家人。

可她连奶奶的最后一面都没见到……

“老板，这张照片里西方蕾丝配中国古典旗袍，好特别啊。”独特的设计一下子就吸引了桃子的目光。

照片里的桐衫十七八岁，梳着齐肩长发，穿着这件设计别致的蕾丝旗袍，照相时有些局促，却掩盖不了少女的娇憨可爱，坐在椅子上歪着头，仰望着站在她身边穿着格纹西装的身材高大的男人。

“这是谁，是老板的老师吗？”

桃子知道老板没有父亲，以为这是她和老师的毕业照，再转头看向一直站在旁边的杨斐，对方的脸色已经明显不太好看。

可能是因为照片里，桐衫目光里的仰慕意味太过明显。

桐衫倒像是找到了什么有趣的东西，抬眼看向杨斐，婚礼上的挑衅目光又重新出现：“他是个日本人，中文名叫许竹延，是我生命中最重要的男人。”

在她说出这句话的时候，杨斐终于忍不了了。

原本说好还可以停留半个小时，现在只过了一半。钟表的时针照常旋转，尴尬的气氛让短暂的时间一下子变得漫长起来。

“抱歉，我得去机场了。”话是对着桃子的方向说的，紧抿的唇线和突然冷淡的语气都说明杨斐在努力克制着情绪。

他走的时候太过匆忙，甚至忘记了那件搭在黄花梨椅背上的灰色呢大衣。

其实桐衫没有骗他，那个看起来比她大的男人的确对她非常重要。只有迫使杨斐提前离开，他才看不到那张特意被珍藏在最后的他和桐衫的合照，这才是桐衫的真正目的。

她是故意的。

故意让他来又气走他，故意不想让他看到合照，故意不想在他面前露出软弱的一面，故意让杨斐恨她，让他生气，让他在飞机上、在巡演中，都会忍不住想起桐衫这个人。

恨比爱容易且记得久远，她太清楚了。

这伎俩卑鄙又自伤，像是她在白安安那场婚礼上那样，可一想到那件被她亲手剪碎的衣服、奶奶的死、杨斐的犹疑不决，还有独自漂泊在日本的五年，痛楚就一下子席卷而来，心里刚刚升起的那丝愧疚都被覆盖。

这世上哪有什么好人哪，不过彼此彼此。

桐衫拿着照片发呆，照片上少女对面那个衣着简洁的优雅男人，有着她永远也看不懂的深邃目光，直到角落的电视里再次响起了杨斐巡演的重播，她才回过神来。

“嘿，真对不起。”语气轻松又刻意，桐衫看着电视里致谢的杨斐，想着，杨斐，这句话我终于可以原封不动地还给你。

可我为什么一点也不开心？

LEISIQIPAO

第五章
蕾 丝 旗 袍

许竹延从接机口出来的时候看到桐衫正举着绣着他名字的绸布，可能是等得无聊了，她开始低头研究刺绣的针脚，不由得摇头一笑，叹她还是孩子心性。

他们相识于五年前 A 市的一场服装设计大赛。

当时许竹延三十岁，才过而立之年的他就已经在时尚界具有颇高地位，他是那次比赛的特邀评委。

而桐衫是参赛者里年龄最小的一个，当时她正读高二，宽宽大大的蓝白校服包裹着她瘦瘦小小的身体，这样的人来参加专业大赛不是天赋异禀，就是自不量力。

起先桐衫在一群服装设计专业的成年人面前显得并没有什么竞争力，但她却逐步击败许多看上去比她强大的对手，进入了最后的决赛。

与初选和复赛不同，决赛要求几个选手在规定的时间，在现场设计完成一件作品。选手们一个个都铆足了劲拿出了高科技的工具和精致的面料，桐衫在这群人里显得尤为特别，她的工具是一台足有百年历史的老式缝纫机和几匹看着老气的花面料。

开始的时候，她只是循规蹈矩地制作一件旗袍，缝纫机在她脚下发出“吱嘎吱嘎”的声音，直到她停下手里的动作，歪着脑袋思考了一会儿，走到左前方一个比她大很多的参赛者面前，向他要来一些他用剩的蕾丝边角料。

接下来一切都不一样了。

桐衫在旗袍的领口和袖口的边缘都镶上一圈短小的纯白蕾丝花边，原本老气的旗袍，有了西方元素的碰撞，一下子变得富有灵气又大胆，让人眼前一亮。

许竹延就是在这个时候记住了这个女孩。

原本注定的败局，一下子有了生机。

可惜桐衫最后还是没有拿到名次，很多评委觉得新颖是新颖，就是她年龄太小，还没毕业，没让她赢得去日本交流的机会。

也是在那一刻，一向处事圆融、有条不紊的许竹延做了一件自己都觉得意外的事情，他离开评委席，跑到退场口，叫住了正在比赛后台准备回家的桐衫。

大手把她纤细的胳膊握出白痕，他问她："你愿意和我回日本吗？"

桐衫认出了许竹延，低头看着他的手，咬了咬下唇，黑如深渊的眼看着他，语气有着同龄人所没有的平静："愿意的。"

许竹延被桐衫看得一愣，意识到自己的唐突，松手，和桐衫道歉："不好意思，是我唐突了，是不是应该先和你的家人打声招呼？一个女孩子出国，家里人多少都会有些担心吧。"

"不用了。"眼前这个在比赛中沉着应对、在失败后也没哭的少女，此刻却突然红了眼睛，像伤口被撕开一样露出难过的表情，泪水在眼眶打转后，滑过苍白的脸颊，"我没有家人了，一个都没有了。带我离开吧，求你。"

"师父，这里。"

A 市机场接机口，桐衫摘下遮了大半张脸的墨镜，眼角眉梢都沾了笑意，朝不远处刚下飞机的许竹延挥手。

人群中许竹延格外显眼，三十几岁的年纪，一米八五的身高，穿着一身典雅沉静质感厚重的黑衣，走路不疾不徐，举手投足又不难看出武士刀般的利落。

他微笑着走到桐衫面前，拿着手里的折扇宠溺地敲了敲她的头。

“阿桐，我说过的，我不是你师父。”

就如同所有神祇都有一个最接近人类的缺点一样，桐衫与许竹延一起生活五年，发现他虽然温柔又强大，却也有一个怪癖，就是从不收徒，哪怕当初破例教她，也不让她以师徒相称。

但事实上这对桐衫影响不大，她还是得到了许竹延的真传，而且外界只要听到桐衫的手艺来自许竹延，都会对她高看一眼的。

桐衫难得露出少女的表情，夸张地揉了揉脑袋，吐舌头：“好啦好啦，下次不会了。”走到门口，转身看着身后的许竹延，调皮地眨眨眼，“给你看个好东西。”

机场门口停着的是一辆浅蓝色甲壳虫汽车，改装厂按照桐衫的要求进行了复古改装。

“怎么样，不错吧！为了接你前几天特意买的，怕来不及让改装厂赶工我还加了钱呢。”

让桐衫加钱可不是件容易的事。

她抬头看许竹延，眼睛亮亮的，一副邀功的样子，许竹延仿佛看到了桐衫一直摇晃的尾巴，还没等许竹延伸手摸摸她的头以示夸奖，就被打断了。

甲壳虫后面停了一辆比甲壳虫贵很多的黑色轿车，司机摇下车窗向这边探出头来，喊："青木先生。"

叫的是许竹延的日本姓氏，大概是许竹延的故友知道他来特意派车来接他。

许竹延上车前不知道与那个司机说了些什么，转身过来的时候，温和地笑着拉开甲壳虫的车门："走吧。"

桐衫背过身，在许竹延看不到的位置，悄悄朝黑车司机比了一个胜利的"V"手势。

在日本那五年，许竹延对她除了学艺时异常严厉，其他时候都是非常宠爱的，也正因如此桐衫才能在唯一的亲人奶奶死后，有一个恃宠而骄的依靠。

工作室有点偏，足足开了一个小时才到。

桃子早就在门口等着他们，为了迎接许竹延，桐衫带着桃子特意收拾了好几天工作室。仿古的楼身，简洁的装修，都是许竹延喜欢的风格。

当初桐衫决定独自一人去巴黎闯荡时许竹延是不同意的，而今大费周章地把工作室装修成这样也是想许竹延如果偶然来看她，能让他有个舒适的环境而已。

桐衫特意买了茶座和茶叶，正准备让桃子去烧热水。

许竹延放下行李，看了看：“云南普洱？”

桐衫点点头：“怎么了吗？”

“普洱需要高温，”许竹延从行李中拿出龙纹堂的铁壶，“用这个更好。”

桃子在一旁倒茶，放下茶具，有些好奇地问：“先生也懂中国的茶叶？”

龙纹堂的铁壶是日本手工业的代表作，而云南普洱又是中国的特产，许竹延都精通，这也不奇怪。

“我父亲姓青木是日本人，母亲姓许是中国人，我一直很喜欢中国文化。”许竹延接过桃子手中的茶叶，走到厨房，不一会儿就升起茶水的清香。

桐衫看着雾气中许竹延认真的眉眼，觉得像是回到了五年前的日本竹林，当时许竹延也是这么给她煮茶的。

在日本的五年里，桐衫想过很多次，许竹延到底是个怎么样的人呢？

有着中日两国的血液，从小两种语言两种文化都有接触，长大后所从事的服装设计也一直致力于两种文化的融合。桐衫在日本时许竹延对她的学习严格苛刻，在生活上却又耐心地教她适应环境。他既像武士，有着开疆扩土的利落，又有保护别人的温柔。

当初桐衫要离开日本的时候，许竹延发了好大的脾气，切断了她在日本的资源，让她不得不去巴黎，现在，她已经做好了负荆请罪的准备，而他又来到她在的地方，还给她煮茶。

“你这是原谅我了？”桐衫把茶杯握在手中，眼睛怯怯地看着厨房里的许竹延。

许竹延拿着茶叶的手顿了顿，没回答这个问题，拿起壶盖看着沸腾的水，中国人称沸腾的水为“开水”。

和花朵绽放时叫“开花”一样，水在壶中煮沸翻滚，如花朵绽放一般，水“开”了。

事物和人都需要等待时间和经历来绽放。

所以即便许竹延当时不想让桐衫离开自己的羽翼独自闯荡，现在也不得不承认，此刻的她站在自己面前，已不像初见时无助，也不像在自己身边时怯懦，她变得有了自己的些微光芒，如花朵如沸水般绽放开来。

这过程所蕴含着巨大的心酸痛楚，作为养花人烧水人的他却没理由不开心。

他将茶叶放入水中，不一会儿茶香伴着水汽涌入他的鼻尖。

他没回答桐衫的问题，只问她：“明天下午A市的一个时装周有一个展出，你要去吗？”

“要！”

桐衫像孩子一样大声欢呼，心情一下子晴朗起来，她知道许竹延这是原谅她了。

他总是知道桐衫想要什么。

SHIZHUANGZHOU

第六章
时 装 周

为了搭配许竹延的黑色西装，桐衫在时装周上特意穿了一件贴身的墨绿色长裙。

因为剪裁太过贴身，害得她不得不从昨晚饿到现在，加上穿着十厘米的黑色高跟鞋，脚步就更加虚浮。进入会场前，许竹延贴心地弓起手臂，桐衫挽住后终于站稳了。

入场后，很多业内人士和许竹延打招呼，许竹延微笑着一一回礼，和人交谈时分寸也拿捏得恰到好处，一如既往地从容优雅。

他带着桐衫坐在了前面的位置，在这次时装周上，许竹延的设计也占很大一环。

事实上，许竹延的设计一直根植于日本的民族文化，同时又融合了中国文化，二十岁就已经成为名震寰宇的世界优秀设计师，如今十多年过去，他在时尚界一直都有着很高的地位。

许竹延去后台查看模特穿的服装，起身后问桐衫：“你要去吗？”

桐衫指了指肚子，示意自己饿得没力气。

目送许竹延进入后台，桐衫终于迎来了时装周上她最喜欢的部分——听八卦。

看台下不仅仅有时尚杂志编辑等媒体人对服装设计的品鉴，更有他们关于业内八卦的交流。

艺术家的狂放不羁自由洒脱的性格，注定了服装设计是一个奇葩很多、八卦趣闻更多的行业。

桐衫才侧着耳朵偷听了二十分钟就已经知道了某导演的第三个儿子的出生地、某画家夫人智斗小三的英勇事迹，还有青木设计师的订婚消息。

青木？许竹延的日本姓氏也叫青木哎。

桐衫正偷听到关键的地方，许竹延刚巧回到座位。

“干什么呢？”刚刚许竹延在后台怕桐衫一个人闷，还加快速度特意快些回来，没想到这丫头自得其乐，倒是很有一套。

“嘘，”桐衫用眼神示意许竹延小声点，笑得一脸奸诈，“就快讲到你第一个孩子是男是女了。”

桐衫转过头来，看着许竹延，人生中第一次怀疑了八卦的真实性：“八卦太不靠谱了，你明明都没结婚……”

还没等桐衫说完，就走过来一个四五十岁的中年男人，见到许竹延和桐衫，先是和起身的许竹延握手，再是看向站在旁边的桐衫，短暂疑惑后恍然大悟，转头对许竹延说：“这是许夫人吧，我还以为传言是假的，这一看才敢相信，一向独自出席的许竹延竟然带了女伴。”

这是怎么个情况？她成为八卦主角了？

桐衫在旁边笑得尴尬，正等着许竹延澄清，可他只是笑笑，直到男人走后也没再说过话。

桐衫坐回位子，抠掉了早上涂的指甲油。一定是她想多了吧，师父应该是觉得没必要解释，或者他根本没在意内容。

头脑风暴中，许竹延忽然倾身凑到她耳边说：“中午我要去拜访好友，晚上回来和你一起吃饭。”

太过亲近的距离让她一下子紧张起来：“没关系的，不用特意回来陪我吃饭，我已经不是小丫头了。”

不是五年前初到日本，什么都不懂，瘦弱得仿佛随时都会死去，不懂日文连最基本的吃饭、买卫生巾都要依赖他的丫头了。

眼前的桐衫长高了一些，穿高跟鞋的时候她的额头能到他的胸口，留了齐肩长发，有着纤细的脖颈，五官愈发优雅漂亮，有了自己的事业，回到了最害怕也最渴望的地方，确实不再是五年前的小丫头了。

“还是回来吧，我有事情要和你说。”

桐衫对突然尴尬的气氛不知如何是好，故意和他开玩笑：“你不是为了我坚持回国的事要教训我吧？”

“不是，”许竹延摸了摸桐衫柔软的头发，拇指擦过她的脸颊，语气里带着郑重，“到时候跟你说，等我回来。”

桐衫看着许竹延的眼睛，有种不好的预感，他说的事情一定不是她想要听到的。

LAOZHAI

第七章
老 宅

那顿饭桐衫到底还是没吃上。

许竹延走后，桐衫正在工作室思考他口中的事情，想起听到的那个八卦还有许竹延有些暧昧的态度，莫名让她慌乱。工作台上的手机忽然响了起来，是杨斐，桐衫犹豫了一下，按下了接听键。

电话那头的杨斐正在后台准备演出，上次见面，他和桃子互相留了电话，迷妹桃子主动承担了向杨斐汇报桐衫行程的工作。

杨斐是在十分钟前收到桃子的短信的，知道了许竹延那边的动作，料想到桐衫最擅长逃避，思考了一下决定制造一个让她逃跑的机会，把桐衫这条鱼钓走。

“桐衫，我想给你介绍一单价格不菲的生意。”——装鱼饵。

人民币把桐衫从混乱的思维中拯救出来，她当时就来了兴趣：“做什么？”

“一件衣服。”——抛竿。

“这么简单？”

“你可能要去趟外地亲自见一下雇主。”——提线。

“多久？”

“三天。”——压水。

桐衫想了想，钱倒是其次，她主要是想错过许竹延讲那件重要的事，三天时间许竹延应该不会回日本，但是也足够她避开不想面对的事情：“成交。”

不出所料，鱼上钩了。

做衣服是需要量体裁衣这一细致步骤的，见雇主是很正常的要求，她也没多想，收拾些简单的行李，就准备离开工作室。

鉴于许竹延是个不用现代通信工具的人，临走前桐衫想了想，把写给许竹延的字条压在铁壶下。

桃子把桐衫送到火车站的时候表现得开心极了，还哼起了歌。

桐衫撸起袖子，作势要掐她耳朵：“怎么，你是山中无老虎，桃子要称霸王了？”

“不是不是，”桃子连忙后退，笑嘻嘻地摆手，把桐衫推上了火车，“哪能啊，倒是老板到时候要和杨斐哥哥好好相处哦。”

老板和杨斐哥哥一直是桃子心中的最佳 CP，可二位好像不太对付，能亲手制造他们相处的机会，自然是再好不过的事情。

直到火车缓缓行进的时候，座位上的桐衫才反应过来：不对！自己什么时候告诉桃子这单生意和杨斐有关？

伴随着火车与铁轨撞击的声音，她朝着月台上的桃子大吼：“桃子你什么时候和杨斐联系上的？他是你老板还是我是你老板？”

桃子当然不能告诉桐衫他们一直有联络，而且还把她和许竹延的互动事无巨细地报告了。她笑眯眯地把手放在嘴边当扩音器：“放心吧老板，工作室这边一切交给我，我会让许先生自己回日本的。”

绝不能让他带老板去日本，她要亲手促成老板和杨哥哥的美好姻缘！握拳！

轮船在大海上乘风破浪，海面绵延着数朵白色浪花。

桐衫坐在甲板上吹着海风，尽量使自己保持清醒，仰头可以看到和海一样无边无际碧蓝的天空，低头可以看到掠过水面的白色海鸥。

美景再好看，桐衫也依然无法抑制剧烈的眩晕感，她挣扎着从口袋里掏出手机，开始一个一个摁号码。

从她两天前下火车开始，每乘坐一种交通工具就会收到杨斐的短信，标注着下一种交通工具和到达的地点，这些天她下了火车又上汽车，现在又上了轮船，约定好的三天时间已经过去了两天半。

她忍不住给杨斐打了电话："你不会是要拐卖我吧？"

"不是。"本以为电话那头会是什么诚恳的认错，哪承想对方淡淡开口，"你卖不出去。"

桐衫翻了个白眼，没力气和他争："那说好的三天呢？这还没到目的地呢，就过去了两天半了。"

杨斐知道桐衫已经在轮船上，她想跑也来不及，终于说了实话："我说的是去的路程有三天。"

浑蛋！桐衫刚想要骂出声，胃里一阵翻江倒海吐了出来："呕……"

听到呕吐声，杨斐语气终于轻柔下来，和缓地安抚她："找乘务员要杯温水，尽量站在通风的地方，还有一个小时就能到了。到时候我接你。"

"你也去？"桐衫惊讶地问，"之前没听你说过啊，你不是在巡演？"

“昨晚巡演结束就直接飞过来了。”

什么，那儿有机场？！那还让她又坐火车又坐轮船的？！

她气得发抖，刚喝的温水也吐了，桐衫用纸巾擦擦嘴，攒了攒力气，对着大海的方向大吼：“杨斐你浑蛋！呕……”

又忍不住吐了出来。

……

而电话另一头的杨斐已经到了小岛上。

眼前的一切都是杨斐熟悉得不能再熟悉的景色：金黄色的细沙、碧蓝的海水和浅蓝色的天空，现在不是旅游旺季，岛上人不多，偶尔有一两艘渔船。

连夜坐飞机从伦敦飞过来，一夜未睡，加上听到桐衫在电话那头骂骂咧咧，头开始疼了，杨斐按了按太阳穴，望了望四周的小店，准备在岛上给她买杯冰镇柠檬水堵上她的嘴。

两个小时后，桐衫这边终于着陆了。

她丢下行李，整个人字形躺在沙滩上，完全顾及不了身上的衣服面料是不是好清理。

海浪轻柔地拍打脚踝，海风吹拂着身上的每一寸皮肤，阳光慷慨地笼罩她全身，此刻她躺在沙滩上像极了一只舒展身体的海星。

过了好一阵桐衫终于察觉到不对劲，环绕四周，阳光、沙滩、海浪，杨斐怎么把她骗到小岛上了？

累到没力气起身思考，桐衫把自己埋在沙子里，忽然感觉脸颊一片清凉，还可以闻到淡淡的柠檬清香。

杨斐蹲下身把杯身贴在她的脸上，看着桐衫生无可恋的样子，又把吸管对准她的嘴："张嘴。"

冰冰凉凉的液体滑过喉咙，那叫一个神清气爽，通体舒畅。

桐衫感觉自己现在又满血复活了："啊！活过来了。"说完从沙滩上爬起来，伸了伸懒腰，给了旁边杨斐一记眼刀。

"你是在整我吧？说你和桃子到底计划了什么？其实根本没有什么价值不菲的生意对不对？"

"也不全是，"杨斐低下头理了理在飞机上压出褶皱的衬衫，"至少价值不菲的生意还是存在的。"

桐衫环顾四周，除了三个渔夫、一条黄狗，这海滩上好像没有活物了，把柠檬水从杨斐手中偷走，吸了一大口，她又问："在哪儿？我怎么没看见？"

杨斐目光看向别处，手握拳放在嘴边咳了咳，微笑："你面前。"

"噗！"

柠檬水被喷了出来，现在杨斐身上那件定制的价值不菲的白衬衫彻底毁了。杨斐哭笑不得地看着胸口上的一大块淡黄水渍，不知该不该庆幸桐衫只有一米六，不然此刻遭殃的就是他的脸了。

天色渐晚，杨斐却偏偏一定要挑人少的小路走，桐衫一路上慢腾腾的像只乌龟。杨斐站在前面不断回头："再不走晚上狼该出来了。"

当然是吓唬她的，海边哪有狼呢?

不知是不是太灵了，前方不远处的村落里很不给面子地响起了一片犬吠。

桐衫打了个激灵，不再笑了，快速走到杨斐身后，指了指前面的路："咳，你先走。"

路上，她低头给桃子打了个电话，确认许竹延还在 A 市并看到了她压在铁壶下的字条。

她不敢过多询问许竹延的情况，她大概能猜到他看到留言的时候既无奈又沉默的表情。既然头脑发热地逃出来了，那么就要做好自己承担后果的准备。

"那好，你照顾好他，等我回去。"桐衫淡淡地叮嘱桃子。

她还想说什么又不知怎么开口，垂眼数着石阶，前面的杨斐不知什么时候停了下来，撞上他的同时电话也被她不小心按断了。

杨斐不胖也不瘦，是锻炼得宜的硬朗好身材，桐衫走路的速度快，脸撞到他的后背，抬手摸了摸酸痛的鼻子，眼前人不见一点愧色，皱着眉毛盯着她。

“他很重要吗？”

“TA？哪个他？”男的女的还是指刚刚那些乱叫的狗？

“算了。”杨斐看着桐衫歪着的脑袋，觉得自己的这股醋劲来得很是莫名，一定是被喷柠檬水的又一个负面影响，他将手插进口袋，面无表情地继续在前面领路。

村落里的建筑都是白墙黛瓦的模样，石阶上长着碧绿的青苔，杨斐一边走在桐衫前面领路，一边告诉她这些建筑的年代和久远的故事。

“到了。”

眼前是一座老宅，木门都有些老旧破败，桐衫握住门口的狮面门环，刚要叩门，杨斐就覆上她的手背，顺势把门推开。

门内大堂坐着一个八十多岁的老奶奶，一头银发，用红绳绑成一个发髻，脸上都是细密的皱纹，端坐在那里有种不怒自威的家主风范，不知道是常年坐在那里还是知道他们来所以在等他们。

老人家似乎是眼神不太好，揉了揉，又眯起来，也不确定门口是不是有人，试探着问：“有人站在门口吗？”

“您好，我是桐衫。”有杨斐站在旁边，桐衫大着胆子上前回答。

老人家听到声音，缓缓直起有些佝偻的身子，拄着拐杖站起来，离老远就笑着回应：“桐衫啊，知道知道，哎呀长得真漂亮。”

漂亮？桐衫听到有人夸自己，眼睛立马亮了，觉得老人家特别和蔼可亲，遇到这么赏识自己的人，正准备上前给个热情的拥抱。

杨斐拉住桐衫的胳膊，提醒她注意脚下的门槛，凑到桐衫耳边低声说了句：“外婆她眼神不大好，你别当真。”

原来老人家是杨斐的外婆。

愣怔间，外婆已经拄着拐杖缓缓走上前，拉住桐衫的手：“瞎说，”嗔怪地看了杨斐一眼，“我的孙媳妇怎么可能不漂亮。”

孙媳妇？！

这是怎么回事？！

XIANGYUNSHA

第八章
香 云 纱

杨斐起先也很意外外婆会这么说，可他也没否认。等进门后，他告诉桐衫眼前这个眼神不太好的老人家是他的外婆，也是桐衫这次要见的雇主。

他把桐衫拉到院子里的榕树下，俯身小声对桐衫说："外婆好像误会我们了，她身体不好，我们最好别让她受到刺激。"

桐衫看着不远处笑得和蔼却瘦弱的外婆，点点头。

杨斐表现得有些为难，语气故意放缓，凑近桐衫和她商量："不如将错就错？"

桐衫一向不是见好就收的类型，看到杨斐为难她就格外拿乔，一只手握紧领口，一副良家妇女被欺负了的样子："演戏？不行不行，我一个清清白白的小姑娘……"

"我看你现在演得就挺好的，"杨斐也不再客气，伸出两根手指，"双倍酬劳。"

"还至今未婚……"

"三倍，不能再多了。"

说完转身要走，杨斐的袖口被桐衫急忙拉住："成交。"

桐衫一遇到能赚到钱的事，职业素养就会变得非常高，这不，讨价还价之后马上换了面孔，走向老人家乖巧地笑："外婆，我扶着您进内堂，小心石阶。"转身朝还站在榕树下的杨斐招手，"快过来，外婆说她炖了你最喜欢的鱼汤。"

真像个见家长的小媳妇，神态语气之自然，杨斐十分怀疑桐衫去日本的那五年学的不是服装设计，而是戏剧表演。

外婆亲昵地拉着桐衫的手，转身对杨斐说："小斐，你去厨房看看汤熬没熬好，外婆要带着阿桐说说体己话。"

外婆的手干且瘦，皮肤没了弹性松松垮垮地贴在骨头上，却带着一股子暖意。外婆亲密地握住桐衫常年冰凉的手给她取暖，让她有一瞬间的恍惚，好像看到了自己的奶奶。

穿过回廊，内院的屋子透着浓浓的时代感：青瓦雀替，木雕也细致精美。进屋后，外婆从角落里拿来了好多小零嘴给桐衫，有的大概藏了太久都有些绵软融化了，桐衫装作没看见也都吃了。

“真好吃。”桐衫笑眯眯地说。

“好吃就多吃点，外婆这儿还有。”外婆笑得愈发开心，摸着桐衫的手，“阿桐，小斐还是第一次带女孩子来看我呢。时间真快啊！我们小斐都长这么大了，我总觉得他还是那个喜欢在海边玩，说不要上学要一直赖在外婆身边的孩子呢。”

不要上学？桐衫可没见过杨斐耍赖，他小时候的事桐衫也是第一次听说，忍不住好奇地追问：“外婆，杨斐小时候住在这里吗？”

“是啊，他妈妈把他生下来后就死了，他爸爸一直借口说忙生意，就把他丢在我这个老太婆这儿一直到八岁，这上学的年龄都过了也不来接。”外婆一提起这些往事，干涩的眼角也溢出了泪水，“你说留在这个岛上，孩子将来除了当渔民还能做什么？”

“那后来怎么又把他接回去了呢？”

“还是孩子自己有出息，岛上小李家的儿子是城里的音乐老师，回来探亲的时候发现小斐有音乐天赋，怕埋没了，就让我给他爸打电话，这才把孩子接走。孩子演出比赛赚到钱了，他爸才把他当宝贝。后来娶了新媳妇养着媳妇的孩子，一大家子都靠着小斐去赚钱……

我家小斐啊，真的受了不少苦。”

桐衫从高中起就一直仰望杨斐，在她的印象里，杨斐就如同童话里的王子，优雅自持冷静优秀，她以为他是从不曾遭遇过困境的，听到这么多不曾知道的往事，她也忍不住跟着难过起来。

“外婆，”桐衫笑着拥抱外婆，轻抚着她干瘦的背宽慰她，将外孙媳妇这个角色演得格外投入，“他现在很好，他已经功成名就也有了经济实力，您看这不还带我来看您了，会越来越好的。”

她最重要的亲人也死去了，自然知道希望才能让人在人生苦海中求生存活；却也知道，希望远得像在苦海的另一边，中间隔着永远触不到的海面。

晚饭是杨斐给外婆请的保姆煮的，海鲜为主，桐衫吃不惯，外婆一个劲儿地让她多吃，于是也就真的硬撑着添了一碗。

外婆拿出了珍藏的桂花酿，院子里的榕树下有个大大的质朴木头台子，他们围坐在一起，中间放着桂花酒和小点心，抬头透过榕树缝隙就能看到天边高高的明月。

桐衫凭着职业嗅觉夸外婆：“外婆，您这衣裳真好看。”应该是外婆年轻时候的衣服，花纹式样都有些年头了。

“这些都算不上好看的，阿桐，外婆以前有一件香云纱的嫁衣，那才叫好看呢，冬暖夏凉，是纱不是现在市面上的绸，可惜啊，再也没有了。”外婆感叹着。

桐衫随手拿了块点心放在杨斐掌心，指尖擦过点心有些滑腻，她毫不在意地拍了拍手，转头看向外婆好奇道：“怎么就没了呢？”

杨斐原本仰卧在木台上看着树枝出神，感受到掌心的重量，微微一笑，起身给桐衫和外婆倒酒，桐衫没注意，目不转睛地等着外婆的回答。

也不知是不是见到杨斐和桐衫高兴的缘故，外婆的精神好了不少，还饮下一点桂花酿，重复着桐衫刚刚的话：“怎么就没了呢？”望着那轮圆月，“你们看，它都老了。”

桐衫和杨斐对视一眼，桐衫心下明白，这次杨斐带她来的目的就是那件香云纱了。

饭后，桐衫托着外婆的胳膊，央着外婆带她去看香云纱的照片。

桐衫抱着外婆仰头看她：“外婆您带我们去长长见识吧，虽然香云纱没有了，不能摸一摸，看看您穿它的照片也好啊，外婆您年轻的时候一定特别好看。”

她一双大眼睛眨呀眨的，任谁都没有办法拒绝。

外婆摸了摸桐衫的头发，笑着答应：“好好好。”

外婆带着桐衫和杨斐进了屋，翻出沾着灰的相册，桐衫很喜欢这种感觉，像是尘封的回忆一下子被开启了。

照片都是极具年代感的黑白色，相片里的人还不会剪刀手和各种自拍技能，都是规矩地站着，偶尔露出腼腆的笑。

“阿桐你看这个，”外婆指了指中间的一张照片，“全家福，有你外公还有杨斐的妈妈，我身上穿的那件就是香云纱的衣服，说是嫁衣，其实它是黑色的，但确实是真正的莨纱，上面印着提花图案，不是现在市面上的那种印花的莨绸。”

“这么精致啊，以前的裁缝真厉害。”

外婆听到这话笑了：“当时的衣服啊，都是妈妈亲手做给子女的，女儿再学习纺织，等长大后给下一代织布。质量好的、精美的衣服往往可以流传几代，外婆的这件香云纱就是外婆的妈妈传给外婆的。”

外婆困得早，把桐衫安排到客房后就回房去睡了。

不一会儿，桐衫就听到三声敲击窗棂的声音。

桐衫点亮油灯，拉开木门看到杨斐，觉得好笑：“想进来就开门进来呗，你知不知道你这样特别像电视剧里公子和小姐深夜幽会？”

杨斐进门看了一圈房间里老旧的摆设布置，坐在了木桌前，油灯映着他的脸：“别说还真有点。那么这位小姐，这件香云纱嫁衣能做吗？”

“好”字说了一半，桐衫转念想了想，加了个条件：“可以倒是可以，还有就是我们可能需要去趟佛山。”

桐衫侧身倚在桌子的另一侧，垂眼看着杨斐，这家伙让她一路上那么辛苦，是时候也让他尝点苦头了。

“佛山？”

“嗯，香云纱的产地。”不知道是不是天黑给了桐衫勇气，她壮着胆子挑起杨斐的下巴，“少爷你敢不敢？”

这一挑，两个人都像被点了穴一般僵住了——

杨斐愣在座位上，显然没料到桐衫会有这样的举动，油灯下，他的脸上爬上一抹红；桐衫右手紧张地抠着木桌子，这才反应过来自己做了什么，震惊于自己竟然连杨斐都敢调戏了，看来人长大后，不仅身高体重会增加，胆子也会跟着肥不少。

……

LIANGSHA

第九章
莨 纱

早上的时候桐衫是被一阵阵“喳喳”声叫醒的，她以为是闹钟，把头蒙进被子里，伸手习惯性地去摸右上角，原本放置闹钟的位置变成了镂空围栏，她迷迷糊糊地睁开眼，发现自己睡在一张罗汉床上。

这才记起自己昨天被杨斐带上了小岛。

桐衫抬眼望向窗外，天空还泛着白，榕树绿枝上几只黑白相间的喜鹊，就是吵醒她的“罪魁祸首”，她挣扎着坐起来看了下手表。

“才七点，还早，可以去给外婆做顿早饭。”

小岛的空气很好，桐衫兴致勃勃地穿好外套，关上木门，觉得这是人生中难得的可以展现她贤妻良母那一面的时候，却看见大厅里已经摆好了各色早餐。

外婆在等着桐衫，不像桐衫穿得随意，外婆穿戴整齐，头发都用红绳绑成规规整整的发髻，就是脸色不太好，见她过来强打起精神笑着招呼她："阿桐来啦，我让小张去做了饭，小斐都吃过了，你也快来吃。"

这样被关心的感觉自奶奶去世后就好久没有体会了，桐衫一时有些鼻酸，望着外婆的脸，下定决心一定要找到香云纱。

外婆知道杨斐和桐衫要出门后，又急忙让保姆张阿姨多加了几个菜，杨斐倒是早早就跑掉了，留下桐衫撑得肚子都快破了。

去佛山的车是杨斐早上去租的，一辆不知道掉了多少块漆的老爷车。

桐衫揉着肚子站在车旁，看着驾驶座上的杨斐，说："你这车都不用交押金吧，看着太安全了，小偷都不会偷的。"

杨斐穿着白衬衫握着方向盘，大概是弹钢琴练出的气质，坐在老爷车上也像是正在音乐大厅里演奏，他斜睨了桐衫一眼，没说话，关上车门，作势要走。

"别呀，等等我。"

老爷车的车门不好开，桐衫拉了好几下才进到车里。也没有想象中那么差，空调还是开得很足的。

舒舒服服地躺在靠背上，发现车里还有车主留下的干净毯子，这是什么感觉呢，如果说老爷车有空调是中了奖，那么这条干净的毯子就是那五百万奖金，开空调盖毯子简直是种享受。

车子左摇右晃地出发了，没一会儿桐衫便迷迷糊糊地睡着了。杨斐坐在旁边，目视前方，车子里一下子安静下来，只有劣质空调的呼呼声，杨斐自己也有些累了，吃了块薄荷糖，继续看着窗外崎岖的小路。

山长路远。

开到临近佛山上的小镇子时已是下午，杨斐叫了下正在玩手机的桐衫，让她找一下路。

桐衫也没来过这里，不过山里本来地势也不复杂，路上遇到人问一问，没多久也就找到了。

染整工厂比桐衫想象中小，但占地面积极大，小工厂周围的一大块地都种上了厚实的青草，天气好的时候用来晒莨。

“晒莨？”

“就是香云纱还没处理完成，要晒一晒才能形成天然的纹路。一匹香云纱的形成，从养蚕、纺织，到用薯莨煮汁、浸染、多次晒制、扫色，再到涂泥，是一个十分繁杂的过程，里面包含了祖先上千年积攒的智慧。”桐衫对着杨斐扬了扬下巴，一副“我很厉害吧”的样子，“所以我呢，就是拥有千年智慧的传人。”

他们走进工厂，工人们正在用熬煮好的薯莨汁为香云纱着色。问了一个工人老板在哪儿，工人随手指着一个正在打电话皮肤黝黑的中年人。

工厂老板打着电话，好奇桐衫、杨斐这样皮肤白皙的人为什么而来，因为往常来这儿订货的从来都是五大三粗声如洪钟的生意人。

桐衫说明来意，同时也问了许多关于香云纱的问题，老板一听这是位懂行的人，立刻表示自己闲来无事，可以亲自带他们去看晒好的莨。

她蹲下身，眼下这些都是印花的，香云纱颜色偏暗，在大块印花的映衬下显得大气又复古。她拿起一块香云纱，对着窗户看，阳光下，衣料上的纹路显现出来。

“不行。”桐衫摇头，“老板这是莨绸，有莨纱吗？”

她曾在许竹延的书上看过，香云纱有莨绸莨纱之分，莨绸在阳光下可以看到印花，而莨纱会有纽眼通花的图案，莨纱的工艺更复杂，成品也更好看。

昨天夜里，杨斐外婆说的就是莨纱。

老板饶有兴趣地蹲下身拿出一根卷烟，听到桐衫这么说不仅没生气反倒有些开心："看不出小姑娘年纪不大却懂得不少。但是可惜了，我这里都是莨绸。莨纱做起来太难，就是想找到会做的人也不容易。"

桐衫配合着也蹲下，接过老板的打火机，一边替他点火一边诚挚地问："那您知道哪儿有？"

老板一副"你很识趣"的表情："当然。"

就这样，桐衫像电视里的地下党对接暗号一样，得到了莨纱的消息。

离开工厂的时候已经将近黄昏，桐衫带着杨斐直接去了山上仅有的一家小卖部。

在小卖部老板震惊的目光下，桐衫拿出杨斐的钱包买光了店里所有的白酒。翻身农奴把歌唱，难得体会到了土豪的感觉。

杨斐把白酒放到后备厢，又开了一段路到山的那头，终于在天黑之前赶到了桐衫从工厂老板那打听到的人家。

离得好远就能看出来这是镇上的富户，三层欧式装修的小楼，双开的铁门，楼前独有一大块自己的土地，一种乡村欧美风扑面而来。

按响门铃后开门的是一个富态的中年大叔，刚看到他们时还摆着一张严肃脸，听桐衫说明完来意后也没啥表情，直到桐衫亮出身后的白酒，大叔立刻喜笑颜开，对杨斐桐衫眨眼："快快，放到仓库里，别让我老婆看见。"

大叔热情地把他们迎进屋里。

大叔的老婆系着围裙，在厨房听到动静探出身，看得出她平时管大叔管得很严，大叔弯腰跟她解释了下，她没说话，默许了桐衫二人的到访。

桐衫上楼后仔细一看发现不太对，欧式装修的小楼里的家具是古典风格，仔细一听从屋内传出的声音是京剧《卖水·表花》的片段，播放机"咿咿呀呀"兀自唱得起劲——

"清早起来什么镜子照？梳一个油头什么花香？脸上擦的是什么花粉？口点的胭脂是什么花红？清早起来菱花镜子照，梳一个油头桂花香，脸上擦的桃花粉，口点的胭脂杏花红。什么花姐？什么花郎？什么花的帐子？什么花的床？什么花的枕头床上放？什么花的褥子铺满床？红花姐，绿花郎，干枝梅的帐子，象牙花的床，鸳鸯花的枕头床上放，木樨花的褥子铺满床……"

似乎是看出桐衫的疑惑，大叔挠挠头有些害羞地解释："我老婆喜欢欧式，我喜欢古典，进一家门也没法和平统一，就只能这样中西结合了。真搞不懂外国人那套哪里好，咱中国文化多美多有底蕴啊。”

桐衫拉着杨斐点头称是，被大叔带到他的书房。

书房也是古色古香的风格，里面有几件品相很好的摆件，剩下的二三十个都是精美的盒子，桐衫打开一个，是空的，不信邪再打开一个还是空的。

大叔不好意思地笑，从很隐蔽的地方拖出一个木雕的长盒子，里面是一匹莨纱。

大叔说这样完整的莨纱现在已经不多见了，传统制作莨纱的技术五十年前就失传了，别人看着不管就算了，他不行，他从小就听爷爷奶奶讲这山里做莨纱的故事，不知不觉已经对它充满感情。

这些年大叔一直都在寻找方法，让这门失传的手工艺得以延续，他投入了大量的时间精力还是不能如愿。桐衫打开的那些盒子里原来都是有宝贝的，后来一匹匹拿出去做实验，就是做不出老一辈那样的品质，所以到现在只剩下这些曾装着那些精美莨纱的盒子了。

“唉！怎么这么多传统的手艺都消失了呢？当初人们为了做一件事付出了多少心血，现在呀做什么都快，快到能一下子把一辈子看完，可你看网络时代再快再精准，香云纱那些复杂的纹样肌理也无法被网络时代的高科技还原，你说以前的智慧比这科技差吗？我总觉得呀，日子是慢慢过的才好。”

从进门就一直沉默的杨斐扫过那一个个空盒子，开口：“有什么能帮您的吗？”

大叔笑了，摆摆手：“不用，大叔有钱，至于那些有钱也做不到的事情你也帮不上忙。”忽然想到什么，他转头看桐衫，“小姑娘听你刚才说自己是服装设计师？”

桐衫点头。

“好职业啊，我接触丝绸这么多年，我都知道，这些东西里啊都蕴含着老祖宗的智慧，要好好发扬，知道吗？”

桐衫把手比在额前，敬了个礼：“是，首长。”

许多传统手工艺在历史选择中默默消失了，主动的或被迫的，无奈的是找回比当初遗弃它需要更多力气。

为此大叔的珍宝变成了一个个空盒子，他从不曾从中盈利，也不会计较回报，就这样也足足耗费了数十年光阴。

可大叔觉得值得，如果他去继续做也许还要花上十年，如果他也放弃了，那制作香云纱的传统工艺技术可能永远都不会再有。

离开的时候，大叔执意要把莨纱送给桐衫，桐衫想给大叔钱他也一直推脱不要，说早就等着要传给有缘人。

“现在喜欢这个的年轻人不多啦，我想找到制作莨纱的传统制作方法，恢复莨纱的手工制造，可惜数十年了都没有做到。想完成这个梦想不知道还需要花费多少个十年，孩子，万一我坚持不下去，就靠你们这一辈了。”

大叔感慨万分地把莨纱放到桐衫手中，她忽然有一种肩上也沉重了的感觉。

临走之前大叔跟他们说让他们留宿，桐衫正犹豫的时候，杨斐把她拉到身后，给大叔鞠了个躬：“大叔我们改天再来看您，这次算了，她换个地方又该睡不着了。”

看杨斐嘴角含笑地望着桐衫，而桐衫一脸绯红的窘迫样，大叔一拍大腿一下子明白了什么：“我懂我懂，小两口快回家，大叔不留了，你们一路顺风哈。”

是不是“小两口”这样的身份太好用了？杨斐都用习惯了。

桐衫想解释，大叔甩过来一个“我都懂”的眼神：“小姑娘害羞了，我懂，我和你大婶也这样，虽然爱好不同，可都是想着对方的，夫妻相处不就是互相体谅嘛。”

这些年大叔研究香云纱大婶也默许支持，大婶喜欢欧式风格大叔也迁就满足，夫妻两人表面上看似各种不协调却是培养出多年的默契和包容。

桐衫一脸尴尬，觉得越解释可能越混乱，默默地咽下了所有的话，只一个劲儿地朝杨斐甩眼刀，可惜杨斐装作视而不见。

夜风起，桐衫摸了摸胳膊上被冻起的鸡皮疙瘩，杨斐默默地走到她身边，长臂一伸，半拢着她走回车旁。

回到老爷车上，桐衫系上安全带，手臂上还有杨斐的余温，试探着问："谁睡不着了？"

杨斐转动方向盘："不知道昨晚谁去了好几次卫生间，紧张？还是身体不好？"

呃……身体不好是指她之前去了数次厕所吗？

"才不是，明明是外婆家的鱼汤太好喝了。"桐衫涨红着脸反驳，她把头埋在腿上小声地说出后半句，"才一不小心喝了很多……"

羞窘地说完，发现旁边半天没动静，桐衫侧过头偷偷看杨斐的表情，他柔和了眉眼，脸颊上的梨窝也露出来，这是……笑了？

杨斐真的很少笑，平时话都不多能省则省，而现在，距离A市千里之外的夜幕下，昏暗的老爷车里，也许是因为终于找到香云纱的缘故，他发自内心地笑了出来。

真难得，真好看。

"桐衫，"没有预兆地，他唤她，"衣服做好之后，我答应你个愿望吧。"

XIAOAN

第十章
小　安

回到小岛天已经完全黑了，桐衫看了看表，已经晚上十一点，心想外婆应该早就睡了。可当她双手推开木门，看见外婆还是像昨天一样坐在大堂，听到动静，原本闭着的双眼一下子睁开了。

“小安？是你吗？”她眯着眼睛不太确定地看着来人，目光里有着真真切切的期盼和悲伤。

小安是谁？桐衫站在门前看着外婆的眼睛，一时不知道怎么回答。

杨斐走上前替她解了围：“外婆，我是小斐。”

“哦，是小斐啊，”那种期盼的眼神已经不再，失望的语气又转为关切，外婆接着道，“这么晚才回来啊，快进屋来外面冷。”

杨斐一边温和地应着，一边扶外婆进了屋。等他把外婆安顿好反身关好门穿过庭院的时候，看到桐衫穿着白天穿的短袖等在他门口。

“小安是谁？”桐衫一边提出疑问，一边在心里想着：奇怪，外婆明明说自己是杨斐第一个带过来的女孩，难道每一个女孩来时外婆都会说是第一个？忽然意识到什么，问道，“是白安安吗？”

“不是。”杨斐脸上一片平静，“是我妈妈。”

次日清晨不等那喜鹊叫，桐衫就醒了，赶在保姆来之前给外婆做了早餐，就带着莨纱去了昨天杨斐告诉她的附近有缝纫机的人家。

户主热情地将桐衫引进有缝纫机的那间屋子，缝纫机是还需要用脚踩的那种最老式的，踩动踏板会发出有节奏的“吱嘎吱嘎”声。桐衫好多年没碰过这样的老物件了，手指从粗糙的铁面上抚过，她想起和奶奶在一起的那些美好时光……

外婆的身材桐衫用手偷偷量过，其他制衣用具她在来小岛之前就有准备，所以问题不大。

不想糟蹋布料，又要尽量还原外婆给她看的照片上的衣服款式，桐衫着实费了一番功夫。

时间不知不觉间流逝，等桐衫再抬头已是黄昏了。

踩着夕阳的余晖，桐衫蹦跳着走进外婆家的大门，献宝一样把香云纱衣送给外婆，像是回到幼时小小的女孩拿出自己做好的手帕送给最爱的奶奶，等着奶奶摸摸自己的头发，说一声“我们阿桐最乖了”……

香云纱是深黑色的，透过夕阳，能看到纽眼通花图案，犹如建筑木雕中的镂空。

桐衫以为外婆会夸她，至少会很开心香云纱衣的失而复得。然而出乎意料的是，外婆抱着香云纱衣哭得不能自已，不是第一次见面时一家之主的威严，不是后来对外孙媳妇的宠爱，不是昨天夜里等在大堂时的期盼，而像是心里多年建造的堤坝轰然决堤，她的泪涌出眼眶，渐渐滴落成河，汇入那深深浅浅如丘壑的皱纹里。

桐衫听过一种说法，说皱纹是每个人的伤心事，人小时候无忧无虑是没有皱纹的，后来伤心事越来越多，皱纹也就慢慢长了出来，随着时间的推移，心里的创伤加重，皱纹变深。

桐衫站在外婆面前，仿佛能感受到她隐忍了很多年的悲伤，僵在空中的双臂缓缓靠近外婆，学着幼时奶奶安慰自己的样子抱住她，一下一下轻抚她雪白的头发。

外婆牵挂了一生却始终不肯说出口的小安已经离开了，她没办法安慰外婆说都过去了，也不能说以后会好的……外婆的以后已经和夕阳的余晖一样越来越少了。

桐衫红着眼贴近外婆的耳朵，轻声告诉她：“外婆，她原谅你了，她一直最爱你了。”

……

昨天夜里杨斐告诉桐衫，在外婆那个年代女孩从小就要跟着自己的母亲学习织布，从孩子出生起织的布，变成孩子的衣裳和被子，还有一些被母亲攒起来成为孩子的嫁妆，孩子嫁了人，再继续给孩子的孩子织布。

那时的衣服质量好得可以代代相传，外婆的那件香云纱嫁衣就是如此，那是外婆妈妈的嫁衣，也是外婆的，如果不出意外也是杨斐妈妈的。

杨斐妈妈也非常喜欢那件嫁衣，她和杨爸爸同姓，单名一个安字。

杨斐说：“小岛的绿竹间有一块半人高的石块，石块上刻着一首短诗：瞻彼淇奥，绿竹猗猗，有匪君子，如切如磋，如琢如磨。匪通斐，我的名字是母亲唯一留给我的东西，她希望我做个如切如磋如琢如磨的君子。把我生下来后，妈妈就去世了，我却总想着如果她活着会是什么样子，总不会同父亲一般丢我在小岛上不管不顾。

我的姓是妈妈的杨，是养育我的外婆的杨，总归不是父亲的。”

三十年前，奶奶就是在家门口送她去外面的世界的，那时候家里刚刚有电视，外婆喜欢看新闻，以为外面的世界真如电视里一样和谐美好，就放心让孩子出去闯一闯，她临走时还带走了那件香云纱，结果这一闯却再没有回来……

外婆为此自责不已，觉得这一切都是自己当初让她离开的结果。她日日念叨天天提起香云纱，其实是想再见到杨斐的妈妈。

桐衫这才明白原来自己和杨斐一起推开那扇门的时候，大堂里的外婆不是因为杨斐事先和她说了他会在那天回来，而是无论说没说，年迈的外婆都会在这里点一盏油灯，等待离家的孩子，风雨无阻，年复一年。

早上起床的时候，桐衫已经适应了窗外叽叽喳喳的喜鹊，她穿好衣服在门外伸了个懒腰，正巧碰到正要去晒毯子的张阿姨，礼貌地和张阿姨问了早。

等一等，张阿姨怀里的毯子有点眼熟，这不是老爷车里的那条毯子吗？

她凑过去问：“张阿姨，这条毯子没和车一起还吗？”

桐衫记得昨天杨斐说他已经还车了。

张阿姨把毯子搭在庭院中间的绳子上展开，让它充分暴露在阳光下："傻孩子，还什么，这就是自家的毯子，小斐小时候用的。"

哎？桐衫的脸有点热，那条毯子她厚脸皮地盖了一路。

张阿姨没注意桐衫的表情，和她聊起了家常，说今天运气好，做早餐时有两个双黄蛋，这个好兆头预示着杨斐和桐衫以后会有好运。

"真的哎，昨天的老爷车别看破破烂烂的，空调却很好用。"

"那个啊，昨天小斐特意问过我哪家的车有空调，我想了想十里八村，就老王那个空调还算足，就是有时候开大了会冷，小斐这才回来拿了毯子。"

桐衫站在毯子前看着它的纹路，脑子有点转不过弯。

张阿姨倒像是洞察了一切，一副过来人的样子："我们小斐是很细心的人，你别看他平时嘴上不说，有点冷漠，其实人好着呢，上次我家那口子出事我不好意思说，都是小斐拿的钱。"看着桐衫越来越红的脸，张阿姨笑得更开心，"害羞什么，小两口互相照顾不是很正常的嘛。孩子我跟你说，小斐最喜欢海了，今天阿姨给你们俩做盒饭，你们去海边玩吧。"

杨斐和桐衫是被张阿姨和外婆推出门的。

桐衫开始还有些抗拒，可一想自己和杨斐在外婆面前是“小两口”的关系，也只好认命地走上石板路。她走左侧，杨斐走外侧，一路无言。

不是假期，海边人很少，杨斐把张阿姨做的饭搁在一旁，坐在了沙滩上。桐衫脱下鞋子，坐在离他几步远的地方。

沙子绵软温暖，海浪有时会攀上她的脚尖，又调皮地跑开，徒留一片清凉。

据说海水受月亮的吸引，每天要涨潮退潮两次，白天为潮，夜间为汐，像一场不可抗拒的魔法。

就像此刻，桐衫站在魔法中心，催眠自己是受到月亮的蛊惑才忍不住歪头看着杨斐。她问：“杨斐，你说过会答应我一个愿望的吧？”

她刚想得寸进尺提个什么要求，嘴张到一半，就听到杨斐的回答。

他的声音清冷得像是蓝色的海浪：“那你还记得在教堂里，我说过我们的账慢慢算吧。”

桐衫的心顿时凉了下来，以为杨斐接下来会说什么狠绝的话。

可是却听到他说：“那就抵消了吧，桐衫。”他直直地望进她的眼睛，桐衫看到他清亮的眸子里藏了柔和的光，“我们重新开始。”

他原谅她的不告而别，她原谅他的忘恩负义。

桐衫一直知道恨与爱本就不是对立的，他们彼此区分又彼此融合，像是眼前抬头就看到的无垠的蓝天和广阔的大海。

身下细沙柔软细腻，桐衫几乎要陷进去，躺在沙滩上忽然觉得好累，不想计较对错，不想计较五年时间的给予和掠夺，只想好好在细沙里睡一觉，如果身边是这个人，她一定可以睡得很安心。

“好啊。”

BOLAN

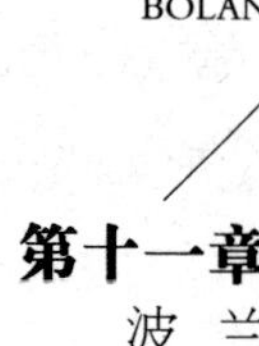

第十一章
波 兰

没能在小岛多待几天，杨斐就受到了斯派克的电话轰炸，他的世界巡演不能因为他一个人的任性而再生意外，下一站——波兰。

仔细想想杨斐的这次全球巡演还真是一波三折，先是被桐衫设计，终止巡演去参加了白安安的婚礼；再是巡演中途来找桐衫又不欢而散；之后因为外婆身体不适，杨斐又不得不推迟巡演带桐衫回小岛。

他们临走的时候外婆的身体已经比他们刚回来时好了很多，不知是因为完成了心愿，还是因为看到桐衫和杨斐关系“和睦”感到开心。

桐衫拉开老宅的大门，把自己大包的行李和杨斐身上的小包换掉。

杨斐不解地看着她。

桐衫倒是理直气壮，说：“我正努力地在外婆面前给你营造一个爱护媳妇的形象。”

杨斐笑了笑，也就由着她。他向来不是情绪外露的人，走的时候和外婆也没怎么亲近，简单交代一下就打算带着桐衫离开。

倒是桐衫拉着外婆左亲亲右抱抱，把外婆哄得脸上都开了花，给他们装了好多自己做的点心，想了半天又拿了些桂花酒，这才放行。

桐衫的行李顿时变成大包小包的一大堆。

杨斐说他们需要先乘坐轮船，再去机场，桐衫回A市，他去波兰。

轮船上，他们把行李安置好，桐衫的东西多，特意在柜子上上了把锁。

桐衫晕船，杨斐带她去甲板上吹风，想起桐衫的大包小包，皱了皱眉，对她说：“东西太多，你一个人带不回A市的，要是不喜欢，丢掉也可以。”

“别啊，我可喜欢了。”桐衫像老鹰抓小鸡里的母鸡一样护住小鸡，“这些我都会邮回A市的，先给桃子尝尝，再给师父尝尝，哎呀，不行不行我得打个电话嘱咐一下那丫头，别趁着我不在全吃光了。”

杨斐走上甲板，手臂支在栏杆上，听出话里的意思，问她：“为什么需要邮寄？你要去哪儿？”

“嘿嘿，和你一起去波兰啊。”桐衫也跟着上来，搓搓手，眼睛亮亮地看着杨斐，“你先别急着不同意，要知道你行李还在我手上呢。”

她得意地晃了晃手中的银色钥匙，原来临行前换行李是这个意思。

“我也不是白去的，我和你换。”

“拿什么换？”

“杨斐，”桐衫忽然正经起来，保持着刚才保护食物张开双臂的姿势，一下子抱住他，“你这个人性格真的很别扭哎，明明很关心外婆，进门的时候却偏以我为借口看她，刚刚走的时候你也很想和外婆亲近的吧，我都看出来了，你往我和外婆那儿偷看了好几眼，明明很舍不得。”

“离开小岛之后你一定很辛苦吧，你其实很想抱抱外婆的吧？我刚刚故意多抱了外婆很多次，都分给你。”

桐衫顺势把脸埋在杨斐胸口，感受到他忽然僵住的身体和自己脸上飙升的温度，小声道：“要知道我现在，绝对、绝对不是在占你便宜哦。”

……

到波兰的飞机需要飞行十多个小时，杨斐把靠窗的位置换给桐衫，自己调好椅子的角度，脱下米色风衣，戴上黑色眼罩很快就睡了，一看就是习惯了奔波的人。

桐衫把飞机舷窗关上一半。这是她离天空最近的距离，看着窗外棉花糖一样的云团，忽然觉得世事真是神奇。

五年前，他们还是穿着校服每天跟书本练习册打交道的学生，那时她以为自己一辈子都会在A市，卖一些自己做的衣服，养活自己和奶奶，现在却已经可以到处飞，去了日本巴黎，又要去万里之外的波兰，也不过十几个小时的路程。

离开这件事，随着年龄的增长和科技的进步，变得越来越容易，越来越不会感觉撕心裂肺了。

不对，印象中，杨斐小时候就经常出国比赛吧，和她这样普通的学生一直都是不一样的。

她那时还以一个从初中就知道他的迷妹的身份问过他，问他这么有天赋为什么读普通高中而不是音乐附中之类的?

杨斐当时是怎么回答的来着？好像是板着一张脸，俯身看桐衫，说——为了感受你们普通人的生活。

啧啧，真臭屁，可这也是事实，杨斐不仅音乐好，物理化学也同样不在话下，同时还被学校选送参加过各类数学比赛。他说，数学与音乐有某种程度的互通。

“如果你没有成为音乐家那你将来会做什么？”她当时傻，问这样的问题，现在想来他是天才，怎么可能不是音乐家。

他却没计较，逆光站在桐衫对面，眉眼模糊，不确定他是不是在笑，屈指敲了下桐衫的头，说：“大概，会做你最头疼的数学老师。”

杨斐那样好，桐衫用了五年去磨炼自己，才终于达到了一个可以不再那么仰望他的高度，想要试着和他比肩。可是，一转头，发现自己离他还是那么遥远又高不可攀的距离……

关上舷窗，转过头看着身旁这个她仰望了很久的人。

他漂亮的眼睛被眼罩遮住，五官的优势又显现出来，高挺的鼻梁、如同被工笔画勾勒出的唇线和与红唇对比更显白皙的皮肤。

他们离得很近，难得的只有一个拳头的距离。

桐衫看了看手表，飞机已经飞了快两个小时，杨斐应该已进入深度睡眠。她忍不住大胆地凑近他的耳垂，喃喃细语——

“五年了，我终于走到你身边。”

……

华沙机场，来接他们的是一个六十多岁的外国男人。

身形高大，挺着圆圆的肚子，留着白色的胡子，远远地看到桐衫后惊讶得张大了嘴巴，活像个圣诞老公公。他热情地上前抱住桐衫：“你是桐衫？你真的来啦，我还以为杨斐骗我的。”

不是复杂的英文句子，桐衫却听得不明所以，疑惑地看着跟在后面的杨斐。

杨斐将手从口袋里拿出来，把男人和桐衫分开，介绍道：“这是斯派克。”

“啊，您好，是您呀。”桐衫恍然大悟道。

之前桐衫在A市收到杨斐短信的时候就特意去查过斯派克这个名字，他是个传奇人物，出生在音乐世家，年少成名，盛名时环游世界，喜欢收集世界各地的奇珍异宝：加州的鲸骨雕、波利尼西亚的黑珍珠、日本漆器……到了中国，偶然在演奏会上听到杨斐的演出，继而终止环游世界的计划，收杨斐为徒，决定把杨斐打造成他的接班人。

杨斐的音乐生涯也在斯派克的帮助下有了巨大的飞跃，在他的引荐下，成功与国际著名的MC公司签约。

桐衫想着斯派克以往的成就，以为他会是个苛责严谨的人，没想到今天见到的斯派克会是这样一个幽默随意的胖子形象。

斯派克一直说要请她吃饺子。

“饺子？在波兰？”

斯派克曾在中国吃过饺子，一直念念不忘，昨天到波兰，就期待着能和桐衫杨斐一起共享。

桐衫以为斯派克会带她去中国餐馆，完全没想到饺子算是当地的家常菜，而且形状大小也和中国的差不多，就是这馅料有点怪。

“水果馅、奶酪馅，竟然还有土豆泥馅的……”这些平常单吃的食物，包在饺子里不会很诡异吗？

桐衫还在犹豫，斯派克已经开心地吃了起来，杨斐也紧随其后。

桐衫视死如归地戳了一只饺子，放进嘴里，那味道真的是永生难忘，看着斯派克一脸期待的样子，她又不得不带着微笑努力咽下去。

她今天一定会消化不良。

斯派克看桐衫吃得挺开心，作为邀请者脸上也有了光，开心地摸着白胡子，和她讲了很多杨斐的事：什么去某个重要场合演奏因为长相追求者众多，什么某著名小提琴手追他又被挡回去，什么连同门师妹也被他迷住了……

“他总是能不失绅士礼仪地拒绝人，让人想恨都恨不起来。”斯派克喝了一口红酒，望着桐衫的眼睛亮晶晶的。桐衫总觉得这眼神里包含着一些不一样的内容。

其实，杨斐的魅力，桐衫在高中的时候就早已领略到了，只是没想到这么多年，他依然还是如此招女人喜欢。

晚餐后，斯派克给桐衫和杨斐安排了酒店，临走时凑向桐衫耳边，对她说：“阿桐，大后天杨斐有演出，我明天上午要带杨斐排练确认场地等事宜，在那之后你们想干什么都行。”

斯派克朝桐衫眨了眨眼睛，最后六个字咬得特别重。

桐衫心里默默想着，能不能不要想歪……

QIURISIYU

第十二章
秋 日 私 语

本来桐衫打算死皮赖脸跟着杨斐去彩排的，没承想早上听到敲门声，艰难地把头探出被子，用手碰了碰额头，才知道自己发烧了。

她强撑起精神套上黑色外套，戴好同色系的鸭舌帽和口罩，在镜子前确认已经完全看不到烧得发红的脸才敢打开门。

门口是等了一会儿的杨斐，穿着黑色风衣靠在酒店的金色墙纸上，长腿伸展无比玉树临风。他今天的着装和桐衫的一身衣服意外很搭。

他低头戴着耳机听歌，感觉到门开了，头偏向桐衫这边，一瞬间被桐衫的阵仗惊到，一眼便瞧出不对：“你怎么了？不舒服？”

桐衫润了润嗓子，让声音听起来不那么沙哑，想微笑，意识到被口罩挡着他看不到，又放弃："没事，老毛病了，快走吧。"

老天似乎总是想提醒她，她的家在 A 市，所以每到一个地方，无论是日本、巴黎，还是现在到达波兰的华沙市，她都要体验一次带着发烧和眩晕感的水土不服。

酒店楼下的司机，已经在车里等了他们很久。

桐衫把头抵在玻璃上，从窗口望去，这里的建筑是桐衫最喜欢的风格，有着艳丽明快的颜色，带着浓重历史色彩的古典建筑，看得出得到了很好的保护。不像中国很多古建筑早已被有意无意地破坏，建成了无趣乏味的混凝土森林。

前阵子桐衫还在新闻上看到了一篇国人肆意破坏古建筑的报道，顿觉义愤填膺。这么想着，也不自觉地和杨斐说了起来。

杨斐的声音低沉，带着解说员一般的磁性："也不全是这样，战火也曾一度让这座美丽的华沙古城毁于一旦，你所喜欢的这些古建筑在当时已经荡然无存。"

桐衫讶异道："那眼前的这些是什么？"

"战火结束后，华沙市在华沙人民的要求下对古城进行了重建，流散在外的华沙人民为了祖国再次回来，凭着从战争中挽救保存的图纸和脑海里对家乡的记忆，用了十多年时间，在废墟中建立起他们梦中的祖国。因为这段特殊经历，华沙城也是唯一一个以‘新建筑’入选了世界文化遗产的地方。”

“所以桐衫，”杨斐从副驾驶的窗户看着广场上孩子的笑脸和飞起的白鸽，缓缓开口，“我总相信文明和感情是可以重新构建的，只要我们做那个保卫而不是破坏的人。”

文明可以重塑，感情可以新生，只要有心。

音乐厅是沿着蓝色河岸建造的，附近有很多教堂，远远地桐衫都可以听到吟唱弥撒的声音，加上刚刚杨斐讲的那个故事，让她一下子就感受到这座城市温柔的力量。

下车时是杨斐给桐衫开的车门，如同昨晚斯派克说的那样，杨斐一如既往地绅士有礼。他穿着黑风衣，站在音乐厅门前，让桐衫有一种这是一场约会的错觉。

她晃了晃脑袋，不让自己沉浸在这样的幻觉里。

这不是桐衫第一次进音乐厅，在日本时她听过很多次音乐会，一是许竹延对所有文化包括古典乐都非常热爱，二是离开杨斐之后她就不由自主地在日本寻找能让她感觉熟悉的东西。

上初中以前，桐衫是一首古典乐都没听过的，直到认识杨斐，开始想要了解他，了解他喜欢的东西，在感情方面毫无建树的桐衫，意外地收获了听歌识曲的技能。

这可能就是喜欢上杨斐的好处，像眼前，音乐厅中间这位穿着红裙的钢琴家演奏的曲子她一下子就听出来了。

“《秋日的私语》。”理查德·克莱德曼的经典曲目。

此刻大而空旷的音乐厅里，坠着橘黄色的灯，温暖的色调配上这首曲子，让人情不自禁联想到深秋的季节：黄色的秋叶被风吹得脱离了树枝缓缓飘落，铺成一条金黄色的路，那个演奏钢琴的红裙女人，梳着柔软的卷发，踩着秋叶向他们走来。

……

睁眼也正如想象中一般，那红裙女子坐在钢琴前，含着情愫的眼眸看向杨斐。

“这就是传说中的小师妹？”斯派克说的喜欢杨斐的那个师妹？

杨斐点头，没在意她话里别样的意思，转身就要拉着桐衫去后台。

桐衫忽然为自己的不明智感到后悔不已。

早知道就不应该穿一身黑，情敌相见第一回合她就败了。她在心底埋怨着自己不争气，加上发烧意识模糊，没看清通往后台的台阶，差点一屁股坐地上……好在被杨斐及时捞起。

完了，为什么每次在他面前都会出糗……

桐衫脸热得厉害，杨斐拉起她的时候，俯身碰了碰她的额头，又摸了摸自己的，皱眉道："你发烧了？"

桐衫这才意识到脸上的温度不是因为害羞，这时喉咙痒得厉害，她拉下口罩难受地咳出了声，看着杨斐紧锁的眉头，觉得自己真是罪过，杨斐表情一向不多，可一见到她眉头就像系上了绳结，再没解开过。

食指和中指不由自主地点上他的眉心，两指分开，看着绳结变平整。

想满意地笑出来，可简简单单一个动作却好像用尽了所有力气，眼前一黑一下子软了下去，她却被一个温暖的怀抱再次接住。

怀抱温暖又让人安心，桐衫的意识渐渐模糊。

等桐衫醒来时，房间昏暗一片，睡了一觉，身体舒服不少，她伸了伸懒腰，下床拉开窗帘，外面已是黄昏，想起早上是杨斐把她送回酒店，喂她吃了药，现在人也不知道去哪儿了。

拿起床头的手机，现在已经是下午四点，她睡了六个小时。

手机里有几条未读微信，桐衫闲得无聊，躺在白色软床上一一翻看。

最新一条是杨斐的，告诉桐衫他回音乐厅排练，排练后要接受采访，让她自己照顾自己，他晚些回去会给她带晚餐。

她不得不摇头感慨，杨斐这个人不生气的时候真是温柔又体贴。

第二条是斯派克发的，是一张图片，图片上是她和杨斐，人物倒没什么，关键是姿势。

她竟然被公主抱了？！

她立刻回复斯派克，问：图片是 PS 的？

马上收到语音消息："当然是真的，你晕倒后杨斐就把你抱起来了。这是当时记者拍的图，被我拦下了，音乐厅里所有人都吓到了，公主抱太浪漫了，穿着红裙子的小师妹脸都气绿了，哎哟，真心疼。"

桐衫真没听出他多心疼，倒是隔着屏幕都感觉到了斯派克脸上浓浓的八卦神情。

她不敢再继续问细节，直接翻开了下一条微信。

最后一条是一个友人的微信，她看到桐衫昨天发的朋友圈的定位，告诉桐衫她也在波兰，要举办一个服装秀，邀请桐衫过来观摩。

友人叫朱莉，性格直率火暴的美国少女，和桃子一样处在美好灿烂的十七岁，巴黎那场秀朱莉是桐衫的助手，这次是朱莉人生中的第一场秀，她想邀请桐衫。

桐衫知道在房间里看着照片只会让自己胡思乱想，回复朱莉说现在就去，穿上外套又给杨斐发微信告诉了他自己的行程。

夕阳把天空染了一层淡淡的粉，桐衫一边在街上吹风，让自己清醒些，一边找能通往秀场的电车。

心里想着那个公主抱，一路上看波兰人民都好像正对她笑，街边的艺人演奏着悠扬的萨克斯风，桐衫的步伐也轻快起来，心情很好的时候世界会变得特别美。

相比音乐厅，桐衫对秀场更为熟悉，无论是那一件件带着设计师创意灵感的衣服还是在 T 台上的模特。

听说明天才是正式的走秀，今天只是熟悉场地和服装。朱莉被众人包围，远远地看到桐衫，扬手招呼她过去。

朱莉有着天生的棕色短卷发和蓝眼睛，穿着波点裙，几个月不见变得性感成熟，见到桐衫大吐苦水："你终于来了。天哪，当时看你们做的时候觉得简单得不得了，现在轮到自己真的什么事都好难，服装、妆容、邀请名单都还没最后敲定。阿桐，你快救救我吧。"

第一次独自举办时装秀确实会面临很多困难，朱莉的问题属于都不严重但每样都占一些。桐衫到后，作为比朱莉经验丰富那么一丁点的人，被当成了主力军，台前幕后的沟通示范，忙了几个小时，点外卖的时候才抽空去人少的地方看了看手机，确认杨斐有没有回复微信。

杨斐回了个好字，后面跟着个圆圆的句号。

桐衫看着句号发呆，觉得那像一个拥抱，正神游中，忽然被人拍了下肩膀。

是一个高个子男人，有着细长的眉眼，五官都偏柔美。

俯身看到桐衫惊讶的样子，他嘴唇勾起来，笑她："傻了？还记得我吗？"

桐衫往后退了几步，缓解身高差距带来的压迫感，回视他："记得。"

桐衫这个人记性不太好，但是这个人脸的分辨率太高，而且距离上次见面才不到一个月而已。

"你是南山。"

YEQU

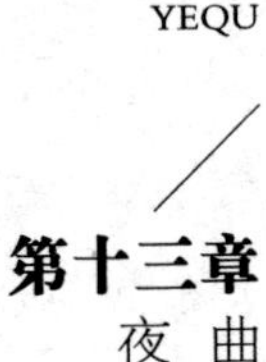

第十三章
夜 曲

第一次见南山是在上次许竹延回 A 市，带桐衫去的那个时装周上。

和这次在后台见他不一样，上次是在时装周门口，当时桐衫感觉到许竹延的态度不对劲，就借口去外面转一转，这么一转就遇到了南山。

时装周门口总是有一大堆蹭秀的人，俗称野模，没名气，没有经纪公司，更没能力进时装周秀场，只能在时装周外以精致的服装妆容吸引在外面的媒体，希望能被拍照，增加一些曝光率。

这其中也有极少数像南山这样资质不错的男模。

桐衫当时穿着墨绿裙子，躲在避风口，一眼就注意到南山。

他穿着英伦风的浅色西装，五官虽精致柔美，却不会遮挡住服装本身的气场。石阶上，他倚在绿树旁的一个红色电话亭旁，抽了根烟，在那儿或侧身张望，或低头沉思，烟雾中像真的回到了多雨的伦敦。

服装是为人服务的，而模特是为了更好地展现衣服而存在，天生的衣架子，就是眼前这个了。

桐衫知道南山在摆 pose，她诚心上前递出一张名片，那是一个模特公司的电话，是她认识的人开的。简单介绍了一下情况，公司不大，还在创业期，但老板是真的爱惜人才，她不想这么有资质的人被埋没。

南山显然对桐衫的出现感到意外，听完桐衫的介绍，还没等他搞清楚状况，甚至来不及问一问她的名字，就看见不远处开来一辆黑色轿车，把桐衫接走了。

南山拿着名片，站在原地看着轿车消失在视线里。在这个已经有些凉意的秋天，名片上还带着桐衫掌心的余温，他没遇到过这样的事，短短的交流虚幻得不真实，而他手里的名片是那不是梦的唯一证明。

现在在异国他乡波兰的秀场，他们又再次见面了。

桐衫睁大眼睛：“你和我介绍的公司签约了？”

南山点头：“工作不是很稳定，好在公司养着吃穿不愁。”

“太好了。”是发自内心地替他开心，桐衫眼睛里闪着光，和初见南山时一样真诚微笑，“恭喜你。”

南山狭长的眼眯了眯，对这个小丫头的身份感到好奇：“你为什么也在这儿？”

“我呀，是来帮朋友忙的……”

南山看着她，想着下班后也许可以请眼前的姑娘吃饭，还没说出口，甚至还没问到她的姓名，就被打断了。

朱莉找到桐衫，一脸坏笑地看着她，把身后的人让出来，是刚刚才从音乐厅赶来的杨斐。

“你早说有这么个大帅哥约你，我就不让你忙到这么晚了，斗胆问一句他是模特吗？”

杨斐穿着白天那件黑风衣，身高也不比模特低，在杂乱的后台，独特的清冷气质，更加吸引人。

“不是，”桐衫笑着抬头，走到杨斐身边，“他叫杨斐。”

没指望朱莉的音乐造诣能知道杨斐的名字，没想到朱莉却摸着下巴说有印象。

她思考一会儿后恍然大悟，说话带着点咬牙切齿：“我知道他，报纸上看到的，他一个人占很大一个版面，我们秀场的新闻被挤在很小的角落。”

桐衫感受到朱莉升起的怒火，赶忙把杨斐拉走，朱莉拦住他们，笑里藏刀地邀请杨斐明天来观摩，大有一比高下的意思。

“不了吧，他挺忙的，还得排练。”

“好。”没想到杨斐会大方答应，看着桐衫，“她来我就来。”

桐衫知道朱莉的火暴脾气，来不及品出杨斐语句中的意思，连忙把杨斐带走，后台徒留朱莉和南山。

“那个女生叫什么名字？”南山看着桐衫的背影问。

朱莉这才看到后台有个长得这么好看妖气的男模，起了色心，手指抚上南山的手臂：“朱莉，是我的名字，有没有兴趣出去喝一杯？”

南山动作灵活地躲开朱莉的手：“不，我只问她。”

朱莉无奈摊手，放开他：“桐衫。”

桐衫。舌尖轻轻滑过上颚，给这个名字添了那么一丝细腻的温柔。

南山目光依然看着桐衫离开的方向：“真是好名字。”

起先还是桐衫拉着杨斐，后来杨斐就不知不觉占据主导权，干燥温润有力的手拉着桐衫的手臂，跑向华沙的浓浓夜色里。

华沙的夜色很美，大人带着蹦蹦跳跳的孩子回家，情侣依偎在对方的怀抱里，暗处都点缀着一盏盏橘色路灯，衬得整段路途温暖而光明。

杨斐没急着带桐衫去吃饭，而是在晚上六点半，把她带到华沙市中心的圣十字大教堂。

教堂是白色的，雄伟壮阔，人们在它面前不自觉就谦卑起来。他们到时教堂里正在做弥撒，管风琴的声音飘出教堂，庄严又空灵，不似人间凡乐。

桐衫站在教堂门口，跟着杨斐进门。

杨斐告诉她，圣十字大教堂建于十七世纪，和波兰的大多数建筑一样都是损毁后重建，同时又与波兰的大多数建筑不同，它有着自己独一无二的价值：教堂的廊柱里安放着肖邦的心脏。

“演奏《夜曲》的钢琴诗人肖邦？”

“对。”

肖邦生于华沙，后移居巴黎，一直念念不忘战乱中的祖国，死后要求将自己的心脏带回来，镶嵌于圣十字大教堂的廊柱里。

桐衫坐在教堂的座椅里，看着杨斐在廊柱前对着肖邦的心脏献上鲜花，又转过头，看着座椅前虔诚祷告的人们，陷入沉思。

这些人年龄各异，肤色有别，身份也截然不同，但他们都有着同一个信仰，并因此变得虔诚而慈悲。

很多时候信仰并不是一个具体的宗教，但一定是能让你向上让你变得积极的东西。它让你感受到世界的善意，使你变得慈悲温柔，教你在求不得时放手，引导你在求得后施予，帮助身边的陌生人。

你相信它能给你、给别人带来温暖的力量和一个更加美好的世界。

华沙人民的信仰是祖国，为它重新建筑了华沙城；杨斐的信仰是给人力量的音乐；桐衫的信仰是一丝一缕都能温暖人心的服装。

很多人一生都在寻找信仰，有人早，有人迟，都没关系。早了的，只要善用，就能找到对的方向；迟了的，寻找的过程本身就是一种启迪。

……

不知什么时候，杨斐走到桐衫身后，指尖钩起她的发丝，长长的手臂自身后绕过她纤长的颈脖，下一秒一颗冰凉的晶莹物就悬垂在了桐衫的锁骨处。那是一个琥珀吊坠，泪滴状，有着温润的质感，坠在桐衫的心口上方。

“送你的。”

“谢礼？”桐衫想了想，他或许说的是外婆那件事。

她仰头看他，他正低头对她微笑。

“算是吧。”

“杨斐。”桐衫拍了拍身边的位置，示意他坐下。

这里的时光那么温柔，让人忍不住想停留，可是也就只有短短十五分钟，这里就要关闭了。

其实桐衫有很多话想问，之前在海滩边说的“重新开始”本身就是一个很模糊的定义，之前他们关系如何了？之后又要怎样呢？

时光总是把问题变得复杂，又让问题变得简单，复杂到桐衫用了五年都理不清头绪，却又因为那五年让她认清一点——她想留在他身边。

同样是在教堂，同样是临近的座位，她好像又回到了白安安的婚礼现场，然而这里是波兰，教堂里只有杨斐和自己两个人，这样的特殊好像具有特别的意义，让她忍不住开口想要更多。

“杨斐，”桐衫的眼神注视着前方，手指触摸着锁骨上的琥珀，“在你眼里我是什么呢？”

老同学？故友？敌人？陌生人？它们中的哪一种呢？

几秒钟就像过了几个世纪。

桐衫忍不住看向杨斐，对方注视着前方的耶稣神像，表情严肃又虔诚。

就在她以为不会得到回答时，杨斐看着耶稣神像缓缓开口，转头嘴角勾起一抹笑，现出浅浅的梨窝。

“苹果。”

“哎？”苹果？吃的？不是人类？

“你是我眼中的苹果。”

桐衫回视杨斐，不明所以，这算是什么回答？

然而杨斐却再也不肯多说一个字，只是看着她，笑得春风拂面。

XIUCHANG

第十四章
秀 场

朱莉的秀场开始前两个小时的情况一点也不比昨天彩排好，后台依旧忙作一团。

桐衫和杨斐被抓去当了壮丁，朱莉不好意思使唤杨斐，只能让他看顾着来往的模特，美其名曰掌控大局，而桐衫这样有经验的，被朱莉带去给每个环节把关。

杨斐穿着薄薄的米色毛衣站在一旁，迎面走来了一个俊美高大的模特。

南山伸出手，自我介绍：“我是南山。”

男人之间对于情敌的敏感度丝毫不逊色于女人。杨斐昨晚就对南山有印象，今天再见看他主动打招呼，对他的来意也猜到七八分。

礼貌回握，双方都在手上加重了力度。

“你跟桐衫很亲密吗？”

杨斐犹豫了一下，说：“亲密不亲密，似乎是我们的事。”

南山不理会杨斐语气里的防备，继续追问：“那你是她男朋友吗？”

“这好像也和你没什么关系。”

“不是就好。”南山自顾自地说，说话语气欠揍得厉害，“本来想告诉你一声我要追她，既然不是男朋友就没有必要知会你了。”

情绪起伏向来不大的杨斐也立刻进入战斗模式。

杨斐终于开口：“虽然不是男朋友，”他冷冷地看着南山，“但确实有必要告诉我的，这种事虽然没有个先来后到，但好歹有轻重，你认识她多久了？”

不等南山开口，杨斐又自己回答：“我等了她五年。”

另一边，桐衫在后台人群中正拿着衣服修整，被朱莉带到一边耳语几句，不由得惊讶道：“不是吧，马上就要开始了，模特的妆容都没确定？”

朱莉哭丧着脸，搓手，急切地说：“其实有好几套方案，但都不完美到能支撑我的第一场秀。桐衫你一定得帮帮我。”

其实，对于一场秀来说妆容的重要程度远不及服装，朱莉也是因为第一次而过于紧张。

“不一定来得及，你先跟我介绍一下这场秀的主题吧。”

朱莉的时装秀主题是现代人的都市病，想要表达快节奏的都市生活给人带来的五花八门的疾病：强迫症、拖延症等。

“这样啊，我想想。”

桐衫正低头沉思，杨斐忽然走入她的视线，甩着手臂问她怎么了。桐衫把事情重复一遍。

杨斐想了一下：“既然是病，不如化成受伤的样子，恰好，眼前就有一位试了妆的。”

朱莉和桐衫顺着杨斐的视线，看到一个没见过的男模，他身上还带着宿醉的味道，脸上有青肿的痕迹。

十分钟前，这个倒霉的男模在后台听到杨斐和南山的谈话，立刻对两个男人争夺的对象桐衫产生了兴趣，嘴上问着一些不干不净的话。不凑巧，杨斐和南山手痒得厉害，刚刚攒下的力气就都施加在这位身上，一起把他教训了一顿。

本来就攒着一肚子火，一看到要上台的模特变成这副鬼样子，朱莉立刻炸了：“这是怎么回事？你还想不想上台了？！”

“上帝！朱莉，这个创意很棒，我们就这么来。”桐衫拉着朱莉的手，眼睛发亮。正如杨斐刚才说的那样，男模这个样子确实非常贴合这场秀的主题。

朱莉愣了一下，与桐衫对视，似乎明白了什么，点点头，激动地抓着那倒霉的男模，拉着桐衫去和化妆师沟通去了。

留下南山和杨斐再次陷入对峙的状态。

南山靠在化妆台上，找粉底盖了盖手上的红痕：“五年都没追到，就更不必担心了，看来我的对手很弱。”

杨斐明面上没受伤，他即便打架，也十分注意保护手部。他微微耸了一下肩，回应道：“你大可以试一试。”

这边走秀已经开始了。

杨斐被安排在T台右侧，入座的时候，舞台光束看起来迷茫暗淡，像是即将下雨的天气，模特从一片混沌中陆续走了过来。

他们穿着朱莉设计的衣服，衣服多是暗色系的，贴合都市病略带阴暗的色调。模特脸上被化了各种各样受伤的样子，有的嘴角受伤，有的眼眶受伤，配合不同都市病的衣服，让观众对主题有了更直观的感受。

接着T台一点点亮起来，服装色调也有了细微的变化，从黑色过渡到灰色。

最后，南山穿着朱莉设计的压轴作品出场，衣服已经是明亮的白色，像是拨云见日后看到的第一束光芒。

不得不说，桐衫眼光确实不错，南山本身的气质轻浮了些，但穿上设计师的衣服走台步时却又沉稳下来。

走到T台中央，南山不再面无表情，而是嘴角渐渐荡起一个笑容，不似平时那样邪气，倒显得亲和。

此时光线明亮温暖，之前的景象像整个秀场都生了病，而现在终于所有人都得到了治愈救赎。

人们情不自禁鼓掌，朱莉拉着桐衫也从后台走了出来。

桐衫穿着米白色绒面长裙，因为不想抢朱莉的风头，特意站得靠后，不说话只对着观众温温柔柔地笑。

本来混乱的秀在桐衫一点点的修正下变得井井有条，更好地体现了主题，这不是她的秀，她却成为这场秀的锦上花。

不过五年，原本瘦瘦小小的高中女生，已经有了属于自己的强大和力量。

杨斐在舞台下望着桐衫的笑脸，眉眼间难得地染了笑意。

这场秀办得很顺利，因为妆容的特别和有意义的主题，媒体也答应大肆报道，大概会占报纸很大一块版面，朱莉彻底报了杨斐的占版面的仇，开心地邀请杨斐和桐衫一起开派对庆功。

“不了，我一会儿还有排练。”

听杨斐这么说，桐衫自然是想跟着他走的，还没来得及回绝朱莉，就被南山揽住了肩膀。

这时，朱莉却先说话了，蓝色的眼睛看着她：“你留下。”

桐衫依依不舍地看着杨斐远去的背影，一时不清楚朱莉到底是什么意思。

“你帮了我大忙，请你一顿饭怎么够？姐妹准备送你一个男人，姐妹今天开心，想把你终身大事一起解决了，你喜欢杨斐，长眼睛的都看得到，但是他呢，他喜不喜欢你？”

这倒是把桐衫问住了，她摇了摇头，一声不吭，因为她自己也不知道答案。

“直接一点，去问就好啦。桐衫，你知道认识你之后我最了解的一个中文单词是什么吗？”

“美？靓？酷？”

“是尿。”

朱莉发音不标准，发成了第四声，不知道她从哪里听来的这么本土化的中文，桐衫却也无法反驳。

朱莉食指弯曲敲了敲桐衫的额头：“也不知道你是真尿还是假尿，都从中国跟到波兰了，怎么简单的一句话却问不出口了呢？”

桐衫捂着脑袋：“我这样一直不问，也许总有一天他会喜欢我的。可是现在问了，如果他直接告诉我他不喜欢我，那我怎么办？”

“不不不，你不懂，男人现在不喜欢你就是永远不会喜欢你，将来勉强答应了也不是因为爱。不就是男人嘛，我帮你。”

“怎么帮？”

朱莉指了指站在一旁的南山，奸诈地笑：“这么帮。相信我，不管隐忍地爱多久，都不如嫉妒让爱情发酵得快。”

桐衫撇撇嘴，看了看南山坏笑的脸，没说话。

“放心啦，我快满十八岁，但是恋爱经验足足十年，谁像你，娘胎单身。”

这种戳人痛处的中文朱莉倒是掌握得格外好，桐衫心里流了一地血。

话音刚落，朱莉捂着肚子说饿了，要找餐厅吃饭，桐衫表面镇定地点点头，说：“为了表示感谢，我请你们吃饭吧。”

最后，熟悉的波兰餐厅内，吃饺子的就变成了南山、朱莉和桐衫三个人。

桐衫大方地将所有馅料的饺子都点了一大盘，自己不动筷子，笑眯眯地看着他们。

“放心吃，我试过，味道绝对好。”

YUEGUANG

第十五章
月 光

夜深了，上千人的音乐厅内也和外面的深夜一样昏暗，片刻后，随着第一声清脆的琴音响起，舞台上空有了第一束微弱的白光，如月色般，照在杨斐的手上。

他的手指修长而匀称，宛若白玉制成的竹节，灵活又有力量，仿佛为钢琴而生。

琴声如水缓缓流淌，“月色”也被触动，渐渐笼罩西装笔挺的杨斐和他身前与衣服同色系的黑色钢琴。

优雅而沉静。

听者好似真的看到一幅朦胧的月色美景。

刚刚还咋呼的朱莉看到这一幕也被镇住了，眼神不离舞台，凑近桐衫，小声问："杨斐弹的什么曲子呀？好美。"

"是德彪西的《月光》。"

"果然，只有月光这个名字，能配得上这首曲子。"朱莉感叹一声，也不再说话，任自己像周围人一样沉浸在音乐营造的月色里。

四十分钟前。

在朱莉的要求下，演奏会当天桐衫并没有和杨斐一起走，而是被朱莉带去化了个美美的妆，被迫试了无数身裙子之后，像小鸡崽一样被丢在了车上。

太阳已经落山，夜空中挂上了点点繁星。

南山坐在副驾上，支起胳膊手托腮，透过后视镜看着精心打扮后的桐衫。

她本来长得也很好看，鹅蛋脸，细眉圆眼，平时披散着头发，也许是心性如此，总是散发着稚气，如今把头发盘起，露出曲线优美的脖颈，白色绸裙并不贴身，可露出的大腿和肩膀都能看出她的好身材。

她看着有些紧张，一点也不像秀场里的淡定从容，眸光微闪，紧张地咬了下红唇，耳垂上坠着两颗圆润的白珍珠微微摆动，更衬得肌肤如雪。

南山的拇指不自觉地擦了下自己的下唇，心想要不让司机开回去吧，哪个傻蛋会不接受这个女孩的表白？或者自己把桐衫抢走吧，让杨斐那个傻蛋再等五年。

黑色轿车停在音乐厅门口的红毯上，南山为桐衫开门，她有些尴尬地看着车门口的朱莉和南山：“不至于挨我这么近吧？你们还怕我跑了？”

南山邪气地笑：“朱莉是怕你跑了没错，而我巴不得你跑，表白是小姑娘才做的事。”

桐衫不解，脱口而出：“那成年人应该做什么？”

话刚出口，桐衫就意识到不对，南山笑得那么邪气，这其中可能是十八禁的意思。

果然，南山指了下快要成年的朱莉，漆黑的眼睛看着桐衫，用中文告诉她：“少儿不宜呀，确定要说吗？总之，桐衫，如果你想做什么事，我都可以和你做。”

朱莉见南山指着她，立刻露出好奇的样子，看着桐衫白皙的脸染上一抹红，就更是好奇，问桐衫：“怎么突然讲中文，他和你说什么了？”

桐衫穿着高跟鞋不方便踢南山，只能愤愤地白他一眼：“没什么，他申请主动扣工资。”

表白真的是件很耗心力的事情，为此来之前桐衫特意吃了三个鸡腿，导致入座后肚子就开始疼。

跟朱莉和南山打了招呼，一个人去找洗手间，然后晃着晃着就晃到了后台。

来之前朱莉告诉桐衫，说她之前太主动了，总是赖在杨斐身边。这次，尤其是在演奏会前这么重要的时候一定不要出现在他面前，这样他才会有落差，才会不适应，然后就会意识到她的重要了。

桐衫点头觉得此话有理，但出了洗手间，腿还是不受控制地往有他的地方走。

一眼，就偷偷看一眼。

这么想着，她就绕到了后台，却没能如愿走到杨斐的休息室，而是在十几米外的地方被杨斐的小师妹拦住了。

小师妹和前天一样穿着鲜红色的裙子，款式庄重许多，挡在桐衫面前看着她：“和我聊聊吧。”

杨斐的这个师妹是业界瞩目的新秀，三年前她拜斯派克为师，成为斯派克的关门弟子。

不同于杨斐的内敛，师妹向来外放热情，初见那天杨斐在练琴，师妹立刻被这位闻名已久的师兄吸引，怕打扰他愣是连招呼都不敢打。从早上一直等到晚上杨斐练琴结束，师妹坐在远远的地方，反常地安静，像只乖顺的家猫。

“他是天才，也是我见过的最努力的人。”走廊灯是暗橘色的，师妹倚在门外的扶手边，低垂眉眼，竟然显出些落寞来。

天赋加超出常人的努力注定了杨斐的成功，而刚入师门的师妹，成了杨斐成功的直接见证者。

“你无法想象他在众多钢琴家里有多优秀……”

桐衫不敢说对师妹眼里的崇拜有切身的体会，可她在日本的那五年，唯一能慰藉她的就是杨斐的消息，她专门把报纸上对杨斐的报道做成了一本大册子，后来为了看懂新闻内容，桐衫的日文才突飞猛进。

“你喜欢他多久了？”师妹问桐衫。

“八年了，你告诉我这些的意思是？”是想让她离开波兰，向她宣示主权？

“我想告诉你我师兄这么优秀，把他托付后，你要好好珍惜呀，你以为我要和你抢啊？”师妹抬起头，笑了，又恢复了往常的骄傲，

“我还年轻啊，青春又那么宝贵，浪费三年在一个不爱自己的人身上已经很多了。得不到我也不后悔，这世界上哪有那么多像你这样的傻子。”

聪明漂亮又知进退，一定会有很多别的优秀的人喜欢她。这不短短几分钟，桐衫也喜欢上了这个爽朗的姑娘。

师妹摆摆手：“我没别的意思，也不是故意拦你，演出前师兄不让别人打扰的。其实师兄也没我想象的那么聪明，傻到这么多年一直没交过女朋友，害我以为自己有希望，其实是一直在等你吧？”说完，师妹就直直地看着她。

桐衫脸憋得通红。

师妹上前拍拍她的手，朝桐衫眨眼睛：“我记得以前我好像帮师兄接过电话，知道了你的名字。”

“你叫，白安安？”

……

一曲《月光》终了，掌声四起。

音乐厅的灯光已经完全亮起，桐衫却呆坐在座位，沉浸在师妹的话里迟迟回不过神。

白安安这个名字不断地在脑海里回响，当然是她，还能是谁呢？

这三个字轻易就能打败桐衫，无论是五年前还是五年后。

身旁的朱莉推了推桐衫，鼓励道：“不过是南山跑了就刺激不成杨斐了嘛，没事，还有机会的。”

刚刚在演奏会上，南山收到一条短信，周身气场都不对了。朱莉明显感觉到了他的紧张，他匆匆和桐衫朱莉道歉告辞，也没说缘由，成为整场音乐会唯一一个中途离席的人。

桐衫难过的劲儿还没过，摆摆手说：“不是因为那个。”

而舞台上杨斐西装笔挺，魅力无限，当桐衫望向他的时候，他的目光也望着她的方向。

朱莉也看着杨斐，说：“我现在知道你为什么那么喜欢他了。”

桐衫却不知如何反应，只继续看着杨斐的方向，沉默一会儿，说：“朱莉，我脖子疼。”

“什么？”杨斐和脖子有什么关系？

朱莉不知道脖子疼是桐衫喜欢杨斐的后遗症。

爱一个人会让你开心，想付出，想为他变得更好，似乎好处无穷。可五年并不是一个短暂的时间，仰望一个人太久，日积月累也会患上颈椎病，也会想要偶尔沉浸在自己的小天地里活动一下筋骨。

会继续喜欢杨斐吗？

当然啊，无论何时桐衫都会这样说。

只是今天，她脖子疼得格外严重。

“没什么。”

这种疼她自己知道就好。

PINGGUO

第十六章
苹 果

第二天在机场，桐衫整个人垂头丧气地倚在行李箱上。

返程机票是来的时候就订好的，当时想的是能和杨斐一起回来就再好不过了，而现在也因为这张机票，她连暂时避开杨斐的理由都没有了。

杨斐从昨晚就察觉到桐衫的不对劲，想知道桐衫是不是再一次水土不服，手刚凑到桐衫面前三十厘米的位置，就被桐衫迅速躲开了。

刻意而疏远。

临走的时候，朱莉来送行，带了一份波兰当天的报纸。报纸上，朱莉和杨斐分别占据着两个不同的版面，不争不抢，朱莉很满意，今天对杨斐的态度也格外友善。

与之相反的是他们两人的态度倒不正常了。

朱莉对尴尬的气氛很不适应，努力找着话题："南山昨晚离开之后也不知道去哪儿了，公司也联系不上他。"

"我也没见过他。"桐衫上下拉动行李杆，没什么兴致的样子。

"更奇怪的是，听说媒体看好他的表现，本来想给他安排一个小采访，多好的成名机会啊，他竟然拒绝了。还有，原本报纸上提到他的句子也被要求删了，你说，他是不是得罪人了啊？"

桐衫听到这句话也愣了一下。

她和南山也只见过几面，可回忆一下南山这个人，感觉还是初见一样，对他了解不深，总是坏笑却感觉他心里不是那么快乐，明明没有舞台经验又异常沉稳不怯场，推掉成名机会却又为了钱去时装周外当野模，实在是让人看不清。

A 市已是深秋。

桃子因为大学还有课，没能来接桐衫。

下飞机之后，杨斐接了个电话，桐衫站在他身边不知道应该干些什么，转念一想，这绝对是个绝佳的逃跑机会，于是步伐加快，小跑到机场出租车停靠的位置，溜上车回工作室了。

工作室还是以前的样子，桃子也有定期打扫，看上去很干净，桌子上有张字条，是许竹延留给她的。

许竹延说他有急事先回日本了，让桐衫在中国自己照顾好自己。没有多余的话，一如他干脆的性格。

桐衫长舒一口气，放下行李，把自己丢到沙发上，让自己陷进沙发里。沙发很软，工作室很安静，旅途的疲倦加上精神终于得到放松，她一会儿就睡着了。

不知过了多久，电话响起，桐衫眼睛还闭着，手指习惯性地按下接听键。

“喂？”

“是我，白安安。”

桐衫一下子被吓醒，盯着天花板，有些戒备，声音放低，问：“有什么事吗？”

对方却没有攻击的意思，语气有些倦意，不像平时总是精力无限，她说：“关心一下老同学，很意外吗？或者单纯谢谢你给我做婚纱，也说得过去吧。放心，我没别的意思，只是有些事过去很久，一直想告诉你。”

“我不想听。”桐衫回答得也干脆。

电视里不都是这么演的，这种多年以前的事忽然被提起来，后面接着的话，不是“儿子其实是你的”就是“其实杀你妈妈的人是我”。虽然白安安和她之间以上两种情况都不可能发生，但是这类问题，还是从源头就拒绝不要听的好。

“怎么，你觉得一定是坏事？呵。”听筒里，白安安自嘲地笑了，“坏人做久了难得发次善心，你都不信了。”

桐衫瘫在沙发上，感觉到白安安的语气不正常，偶像剧的经验告诉她一定发生了大事，小心地问：“你不是要自杀吧？”死前忏悔之类的？

“倒也不至于。”白安安语气好转，“倒是你，听到后也许会激动到跳窗。”

“开玩笑，”桐衫坐起身子，满不在乎道，“姐姐闯荡江湖这么多年，凭的就是一身的胆子。说吧。”

“杨斐喜欢你。”

不可能。这三个字是桐衫脑子里冒出的第一个想法。按照早年间的经历来看，白安安的话都是不可信的。

一阵沉默。

桐衫如遭雷击，半张着的嘴没能说出一句话，电话那头的白安安先开口：“你不是吓傻了吧？”

“还好窗户是关着的。”桐衫看着不远处的窗户心有余悸地回答道。

她抓住手机的手指险些握不住手机，不能确定白安安话语里的真实性，但听到这几个字，心脏就没出息地漏跳了一拍。

“愚人节到了吗？还是这是什么新的整蛊方式？你其实是故意吓我的吧？”顿了顿，桐衫又道，“退一万步说这件事是真的，你又怎么知道了呢？”

“桐衫，这大概是我对你最真诚的一次了。”白安安停顿一下，声音变得很轻，“对不起。”

桐衫诧异她为什么忽然这么说，想问下去，白安安就挂断了。

这个电话着实是打乱了桐衫的节奏。

明明都是普通话，不是外语，她怎么就听不懂白安安说了什么呢？

忽然想到，在波兰圣十字大教堂杨斐也说过她听不懂的话，趁着手机还没放下，桐衫翻开通信录又按下通话键。

桐衫给朱莉打了个越洋电话，问她：“You are the apple of my eyes. 朱莉，你知道这句话是什么意思吗？”

朱莉在电话那头明显蒙了，恨铁不成钢地喊：“我让你跟杨斐表白，你和我说这句话干什么？”

“表白？”

“对啊，《圣经旧约》第十七章第一节 Keep me as the apple of the eye, hide me under the shadow of the wings. 保护我就像保护眼珠，把我藏于您的羽荫下。这里的 apple 是指瞳孔，眼睛里最重要的部分，所以你是我眼中的苹果，也会被翻译成你是我珍爱的人。”

“哎？”

桐衫忍不住怀疑，这个世界发生了什么大事吗？火星撞地球？核武器爆炸？

为什么她努力了五年都不行的事，只是睡了一觉，所有人都来告诉她，杨斐可能喜欢她？

她挂掉还在那边叽里呱啦说话的朱莉电话，又打了个电话给桃子：“桃子，你帮我问问奶奶墓地的电话吧？”

“老板你怎么了？”桃子正在上课，手捂着听筒，声音也格外小些。

“没什么，我就想看看是不是有什么异动？”类似于祖坟冒青烟之类的……

深秋中的 A 市已经有些冷，街道上种了两排银杏树，金黄的叶子落了满地，铺成厚厚的银杏毯子。

桐衫穿着圆头小皮鞋，脚踩在树叶上会发出吱嘎声，她急着想找杨斐求证，可走到街道中间才想起她根本没有杨斐的住址。

手放在嘴边哈气取暖，她急着出门，鞋都穿反了，外套也忘记披，只穿了一条不厚的连衣裙，现在停下步子，搓搓手臂才发觉有点冷。

看到路过的人拿起手机在和家人通话讨论晚上吃什么，桐衫才意识到明明有手机这么方便的东西，自己怎么偏偏要用走的，摸口袋找手机，发现自己竟然把手机落在沙发上了。

“世界上还有比我更笨的人吗？”桐衫低下头，沮丧地自言自语，责怪自己的笨拙，却没想到听到了语气轻快的回答。

“大概没有了，你是我见过最笨的。”

入眼的是一双黑皮鞋，接着是黑裤子、黑毛衣、棕色大衣，还有一张带笑的脸。银杏纷飞的街道，一片叶子落在他的黑发上。

是杨斐。

杨斐手插在大衣口袋里，神情有些疲惫，不知是不是在机场接到电话后处理了什么麻烦的事情，他看了眼桐衫，走到她面前。

桐衫看着杨斐正一步步走向她，话在嘴边更加说不出口，不一会儿突然感受到一股子暖意。

杨斐脱下外套披在了她身上。

大衣温暖极了，周身的寒气被温热替代，桐衫手指攥着棕色大衣，她的勇气也比刚才多了那么一点，嘴唇轻启，盯着杨斐，问：“你，是不是喜欢我？”

是喜欢吗？喜欢才把她带去外婆家，才带她去波兰，才在圣十字大教堂里说她是他的苹果？

可是，是怎样的喜欢，竟然让他把表白说成了那么难解的话。

银杏叶覆上桐衫的鞋面，她小心翼翼地抬起头观察杨斐的神情。

事实究竟是怎么样的呢？她迫切地想要知道答案。

杨斐也看着桐衫，白净的脸上一扫刚刚的疲惫，弯起眼睛，带了笑意。

“你才知道啊。”他将手放在她的头上，轻抚她的发，勾起嘴角，声音里带着宠溺，“傻瓜。”

是做梦吧？

桐衫惊讶到不敢眨眼睛，生怕眨眼梦境就不见了。

其实她现在还躺在工作室的沙发上吧？

如果是，那她可不可以永远不要醒来了？

TUBOSHU

第十七章
土 拨 鼠

杨斐却是从来都不相信梦境的。

从幼时起他就只信那些肉眼看得到的，能体会的，可以准确计量的东西，像在小岛上他白天捉的鱼，外婆会把它变成填饱肚子的热乎乎的鱼汤；像离开小岛后，精湛的琴艺所带来的一座座奖杯，还有爸爸见到奖杯后才能放下棍子展露出的笑脸。

在小岛上的时候，杨斐以为钢琴只是他的乐趣和打发时间的工具，没想到后来成了他活下来的手段。

杨爸爸把杨斐带到A市之后让他参加了不少比赛，也逐渐意识到比赛的奖金比他做小生意赚的钱要来得多，开始对这件事重视起来，不过只局限在国内比赛。后来钱攒多了，就把目光投向奖金更多的国外比赛。

一开始杨爸爸并不知道国外比赛的奖金更多，只当出国机票价格昂贵，要花家里的钱，提到钱就气不打一处来，加上喝了口酒，抄起棍子就打在小杨斐的身上。后来，媒体对杨斐胳膊上的伤痕提出质疑，他这才收手。

杨斐八岁之前从没出过小岛，也绝对想不到八岁以后自己会去那么多地方，后来跑遍了全世界却发现外面的世界也不如自己憧憬的那般美好。

那些城市都没有他的家，而 A 市那个所谓的家也不过是一个狭小的没有温暖的容身之所。

三年后，当他又一次在 A 市获奖，杨斐爸爸把比赛奖杯丢给他，好心情地给了他打车费，然后转身拿着刚到手的奖金去创业，然而更多的时候是去赌博。那时杨斐才十一岁，长长的街道上小小的人攥紧手里的钱，翻出公交路线图，准备一个人回到那个没有人等他的小屋。刚走两步听到杨爸爸叫他，他心里生出希冀，以为爸爸是想和他一起回家。

杨爸爸比十一岁的杨斐高出很多，胡子好几天没刮，衬衣松垮，他漫不经心地转身，告诉杨斐："明天记得自己去拍广告。"

这样说意味着明天他要自己一个人去现场，爸爸又要一晚上都不会回来了。

小杨斐点头，他失望过太多次，已经习惯，脸上也没过多的表情。

只是这次，长街夕阳下，他想要跑回小岛的愿望比以往任何一次失望后都更加强烈，他不知道怎么走，只是始终记得离开小岛时外婆叮嘱他的话，一个人要坚强，要留在 A 市好好读书。

童话一定都是骗人的，不然他妈妈怎么会死，不然他八岁时好不容易在外婆的期盼下离开小岛，又怎么会见到那样一个爸爸？

他想离开这儿，走得越远越好。

……

拍广告也是后来才有的事，杨斐比赛赢得多了，在当地也渐渐有了名气，开始有一两个广告商找上门来。

杨斐爸爸倒是百无禁忌，能挣钱的就接，这导致十一岁的杨斐人生前两个广告都有些尴尬，一个是不符合年龄的婴儿奶粉，一个是儿童痢疾的地方代言人。

开始杨斐也不懂痢疾是什么，等他后来明白之后发誓这些代言这辈子绝对不能和别人说。

第三个广告稍微正常些，是儿童服装。

大清早杨斐就背着小书包去了摄影棚，他对这种场景有点熟悉了，即便还是陌生，但他也习惯用淡定的表情来掩饰内心的紧张。

这次的化妆师是个二十多岁的姐姐，见到杨斐很高兴，想逗逗他，见他没反应，拉他手也被他挣脱开，一脸“卖艺不卖身”很有骨气的样子。化妆师见他长得好看，也没生气，笑嘻嘻地把他带进化妆间。

化妆间没有人，灯光也有些暗，他熟练地坐在化妆镜前，打开镜子前一排暖黄色的灯，屋子又亮了起来。

杨斐对化妆这件事一开始挺不理解的，后来看一起拍广告的孩子都化，也就没说什么，好在，男孩子只要把脸拍白，最多点个红嘴唇就行，女孩子化得还多，要涂睫毛膏、腮红，还要卷头发。

正因如此，当他感觉化妆师在摸着他头发琢磨什么，眼睫毛上开始出现不明物体时就意识到不对了。

镜子里这张脸他都快不认识了，脸不自觉地红起来，有些尴尬地张开嘴：“我是男孩。”

哎哟，这可是大事。

化妆师惊讶地睁大眼睛，这么漂亮腼腆的孩子居然是男孩，她有点不相信，转身冲着衣服堆喊：“桐桐，这孩子说他是男孩，你信吗？”

也难怪她会误会，杨斐不仅长得好看，头发也因为杨爸爸不怎么管他而很长时间没剪，贴到了耳朵上。

暖黄色的灯闪了闪，杨斐透过化妆镜的反射，这才发现化妆间花花绿绿的衣服堆里有个人，那人扒开身边的衣服，从衣服堆里探出头，那是一个女孩。女孩比他瘦小很多，迷迷糊糊刚睡醒的样子，有棕色的头发和一双清澈的眼睛，像是从地底钻出来初见光明的土拨鼠……

与此同时，门外不知是谁在调试广告背景音乐，是某个童话故事的主题曲。

她是从童话里走出来的吧?

一切那么的凑巧又自然，杨斐有一瞬间的恍惚，以为眼前这个女孩就是打通两个世界的隧道后，来接他的土拨鼠。

“土拨鼠”穿着长衣长裤，戴了顶棕色的贝雷帽，倒有股男孩子的顽皮洒脱，揉了揉眼睛，如恍然惊醒一般转身从衣服堆里刨出一件粉红色的公主蓬蓬裙，问杨斐：“这不是你要穿的？”

得到否定的答复之后，她哇的一声差点哭了出来，眨着大眼睛向化妆师求助：“姐姐，女模特还没来，尺寸怎么改呀？”

化妆师以前常在桐衫奶奶那儿做衣服，昨天接到任务，想着找奶奶帮忙现场修改尺寸，奶奶手头有活没答应，桐衫倒是自告奋勇过来了。

其实这个广告的衣服并不复杂，有一男一女两个小演员，男孩就是杨斐，十一岁的钢琴天才，开拍前没什么要求，男式的小西服也多。

女孩子就比较麻烦，前阵子刚上了当地一个很火的节目表演舞蹈，人不大，明星架子却大得很。衣服式样都要她喜欢才行，本来早早敲定好了，可拍摄前一晚又临时变卦要穿蓬蓬裙，服装以前是给十四五岁孩子穿的，有点大，改一改尺寸应该就没问题，所以就让桐衫早早过来了。

可说好的七点过来量身改衣服，现在都九点了，小演员还没来。

桐衫那时已经是个财迷，同样也是个机灵鬼，看着杨斐和小演员差不多大，眼珠一转，走到他面前，说："我看照片里你们体形差不多，要不，试一试？"

……

那绝对是可以载入杨斐人生历史的时刻，他化着妆，穿着大大的蓬蓬裙，看起来很专业的桐衫围着他左右比画着，化妆室的门敞着，进来一堆围观群众。

摄影师试手拍了几张照片，看了看手表，有些着急，指了指桐衫和杨斐："要不他俩来吧，就穿这身衣服，挺合适的。男孩子太秀气，女孩又很活泼，小孩子没什么性别特征，反串一下也没关系。"

这话对杨斐无疑是晴天霹雳，可对桐衫而言就是多赚一份钱，她眼睛亮了起来，欣然答应了。

没有经纪人的小杨斐虽然内心抗拒，却也就这样被众人推着到了拍摄棚……

拍摄前桐衫一直在不远处修改衣服，小小的女孩表现得相当熟练，而且似乎很喜欢做这些，一直开开心心的。

杨斐悄悄问化妆师："她也是被逼着来的吗？"

化妆师摇头，告诉杨斐，桐衫和奶奶相依为命，来这儿是想让奶奶少做些工，攒钱将来学服装设计。

原来她是一个努力让梦想与现实连接的女孩。

那次拍摄杨斐特别配合，虽然表情依旧不多。

拍摄结束后杨斐和桐衫都顺利拿到了广告费，那支广告却因为赞助商的原因没有播放。

如此几年杨爸爸把儿子当成商品在营销，加上赶上了好的创业时机，终于有了殷实的家底，娶了新媳妇，组建了新家庭，买了个大大的房子，杨斐的那些奖杯被丢弃在狭小的储物间里。

杨斐在杨爸爸结婚那天无聊闲逛到摄影棚，在一大堆废品里翻到当时的底片，立刻联系到当年的摄影师并将那次广告拍摄的所有图买走，然后把它们压在房间抽屉的最角落，不放心还上了把锁。

初三那年，他面临出国还是念音乐附中的选择，后妈更希望他出国，杨爸爸怕出国后再也拿不到他比赛的奖金而坚持让他念音乐附中。

人心隔着肚皮，每个人都各谋其利。

杨斐由着他们争，自己无聊地在操场闲逛，意外地看到当年害他穿女装的罪魁祸首——桐衫。大大的校服裹着女孩瘦小的身体，她似乎与一些人争辩着什么，倔强地指着公告栏上的红榜，跟人打赌自己一定能考上重点高中。

兴许是杨斐盯着看她看得太久，桐衫下意识朝他看来，与他视线交叠后又慌忙错开——那丫头没认出他。

填报志愿时，杨斐鬼使神差没有去国外，也没有念音乐附中，而是选了那天桐衫说一定会考上的重点高中。

在高一教室里，杨斐看见桐衫的那一刻还是忍不住笑了，脸颊的梨窝深刻明显。

他在心里说："嗨，土拨鼠，欢迎你！"

……

所以多年以前，真的是杨斐先注意到桐衫的。

在她还不知道他是男是女的时候，在她还不知道他名字的时候，在她知道他名字后还不敢表白的时候……

在那条连接现实世界与童话世界间的通道被一只土拨鼠打通的某个时候。

GUZHUO

第十八章
古 着

A 市，清晨。

桃子看着趴在工作室床上流口水的老板直摇头，端过来一碗鸡蛋羹，凑到她的鼻子前。

不出所料，桐衫这个吃货闻着香味就醒了。

桐衫看着熟悉的天花板，闻着鼻尖熟悉的饭香味，迷迷糊糊感觉头疼，想起什么猛地打了个激灵，腾地起身，瞪大眼睛抓住桃子胳膊，问：“杨斐呢？”

昨晚的表白不是她做的梦吧？

桃子坐在桐衫身边，无奈地看着她：“真不记得了？”

桐衫摇头，小心翼翼地问：“怎么了？”自己……做了什么可怕的事吗？

桃子放下鸡蛋羹，撸起袖子一副讨伐桐衫的架势。

在桃子的描述里昨晚她七点钟回来，拉开门就看见桐衫拉着杨斐喝酒，地上倒了好几个红酒瓶、香槟瓶，五颜六色的好不热闹。

桐衫豪放地抓着瓶子直接对瓶吹，喝高兴了还站起身摇摇晃晃地跳舞、演小品、唱《我的祖国》，自导自演了一整场春节联欢晚会。

杨斐看上去倒是比较正常，可仔细看才发现，他举起红酒杯转了一圈又一圈就是不见喝，脸红得像除夕的红灯笼，眼睛弯成月牙盯着桐衫止不住地笑。

得，又一个喝多的。

“我？喝酒？宿醉？还演小品？”

桐衫抓抓头发，羞愧地用被子一点点盖住脸，她好像有那么一点印象——

昨晚听到杨斐承认喜欢她之后她忍不住兴奋起来，拉着杨斐转悠，想着一定要做点什么事让他以后不能赖账。

咳，别想歪，不是十八禁内容，无非就是借着酒劲亲亲抱抱，再写个卖身契让杨斐签字画押……

想得倒是很美，万万没想到，杨斐比桐衫酒量还浅，没等桐衫把以前和桃子研究的“酒桌逃酒十八招”用上呢，杨斐就醉了。

赢得太容易，桐衫一时有些得意忘形，开了瓶香槟庆祝，不知不觉间喝得有点多，接下来发生了什么她就不记得了。

现在她只觉得浑身疼，也难怪，昨晚她可是一个人撑起了一场春晚，她拍了拍头，问桃子：“杨斐呢？”

“楼下沙发上呢。抬你一个人上楼就够累了，只能把杨斐哥哥放沙发上了。”

桐衫转了转眼珠，想到什么，跟桃子打了声招呼：“桃子你先吃，我下趟楼。”

双腿刚触到地面，就听到桃子在她身后幽幽开口：“等一下，你干吗去？”

桐衫以为桃子是护着偶像，不敢把她那龌龊的小心思说出去，刚想编个借口，就看桃子把一个盒子放到她面前，打开，里面是杨斐喝醉后的录像、杨斐睡着时的照片，还有桐衫梦寐以求的签字画押书，桃子这个变态就差偷偷录杨斐打呼噜的声音了。

“老板你别说，我真想过要录的，可男神太健康了，我在沙发旁边蹲了两个钟头，他就是不打呀。”

“桃子，这个事我们得谈谈，在别人不知道的情况下这样不好，但是，”桐衫故意正了正脸色，俨然一副家长教育孩子的架势，见桃子神态紧张又马上轻松下来，笑眯眯地和桃子击掌，“但杨斐不是别人，不愧是我的桃子，深得我心。”

温暖的阳光透过落地窗照进工作室，杨斐睁开眼，环顾四周时看到桐衫的背影。

她穿着白衬衫，背光坐在沙发的另一端，周身笼罩一层柔光，头埋在双臂之间，看他醒了，皱眉叹了口气，摸了摸杨斐的下巴，调戏他说：“我会对你负责的。”

举止像一个一夜情后不得不负责的男人……

杨斐倒是没笑，躺在沙发上，漆黑的眼眸看着桐衫，把她看得有些紧张。

她眨眨眼，刚想说开玩笑呢，你不是认真了吧，张了张嘴，话还没溢出嘴边，就看到杨斐忽然勾起了嘴角，脸颊上现出浅浅的梨窝。

不好。

桐衫意识到危险，下意识向后躲，杨斐却快她一步，他的左手穿过她的衬衫和黑发，微凉的指尖摩擦着她的后颈，把她带向怀里，自己也倾身上前。

整个过程很快，在桐衫眼里却像慢镜头回放。

被单滑落，杨斐衣衫不整露出颈肩处一大块白皙的肌肤，非常诱人，非常可口。

唇齿相触时，杨斐伸出另一只手覆上她的眼睛。

视觉被关闭了，其他的感官体验被无限放大，无论是细腻柔软的触感、齿间的蛋香味，还是她心脏剧烈跳动的声音……

咚，咚，咚——

桐衫经历了人生第一次亲吻，脸红得能滴出血，非常被动非常尿，整个人都没了力气。

不知过了多久，桐衫终于恢复了意识，觉得自己刚刚很不争气，想着怎么也要扳回一局输阵不输人，脑回路不知错搭了哪条线，一下子不小心扯住了搭在杨斐肩膀上的衬衫衣襟，随着她的猛一起身——“嘶”，杨斐的整个肩膀都露了出来。

惊吓过度的桐衫瞪大眼睛，下意识地将手上抓着的衬衫胡乱往下去遮盖杨斐光裸的肩膀，可是随着杨斐放置在她背后的手稍一用力，桐衫就以一种不雅的姿势趴在了杨斐的身上……

桃子正好下楼叫他们吃饭，看到眼前这火热辣眼的一幕，赶忙捂住了眼睛。

桐衫害羞地把脸埋在杨斐的肩颈处，掩耳盗铃不让桃子看到自己；杨斐看她跟小老鼠一样，没忍住笑出了声。他们贴得很近，杨斐的笑带着微微震动，从他的胸腔传递到她的耳中。

这真是美好的一天。

这一天的美好一直持续到当天下午，桐衫正好心情地哼着小曲，给衣服制版。杨斐接到一个电话和桐衫打了个招呼就匆忙走了。

“等我回来。”临走前，杨斐笑着揉了揉桐衫的头发，桐衫大起胆子，凑上前戳了戳他脸颊的梨窝。

想了好多年终于戳到了。

她快速后退，得逞后乖巧地点头。

“好，多久都等。”

杨斐走后，一个穿着黑衣戴着墨镜的男子走了进来，与此同时桃子感觉到了桐衫周身瞬间降低的气压。

男子是桐衫前几天雇佣的很有名的私家侦探，他摘下墨镜，从公文包里拿出一个档案袋交给桐衫。

“这是你想要的当年那个案子的相关资料。”

桃子看着两人疑惑道：“什么案子？”

资料很厚一摞，桐衫把它拿出来托在手上感觉很重，顿时觉得私家侦探贵得很有道理，她辛苦攒下的钱没白花。

她一边翻看一边回复桃子：“是当年奶奶去世时的案子。”

桃子记得桐衫之前和自己说过，在她高中的时候她奶奶接过一个服装厂的订单，工厂后来倒闭被追债，一群混混竟然不知道从哪儿得知她奶奶的住址，找不到服装厂的负责人竟然找到她奶奶，那群混混满屋子地抢奶奶刚做好的旗袍，奶奶在和他们拼命撕扯中，没来得及吃药病发而亡……

“当时警察来得晚，混混人多又跑得快，没有人被抓住。”她看着桃子的眼神很坚定，“可是总应该有人为这件事负责的。”

在递给私家侦探报酬的时候，桐衫长长的手指紧紧捏着那一摞钱久久不肯松手，在钱被用力抽走的那一瞬间，她感觉自己的心也被一并带走了。

桃子抱着手在旁边添油加醋：“很心疼吧？”

桐衫捂着胸口一脸心碎的样子，口中却道：“不疼，我拼命赚钱就是为了能找到凶手，我等的就是这一天。而且，桃子你要记住，钱是很重要，但永远不是最重要的。”

工作室门口的珠帘响起，有客人走了进来。

来人是四十岁左右的妇人，皮肤和身材都保养得宜，看起来比实际年龄显得更小些，背着印刻着某国际奢侈品牌 LOGO 的包包，桐衫一看她身上的衣服就知道那能抵桃子一年的工资。

喔！这是桐衫最喜欢的类型——一个行走的人肉提款机。

桐衫朝桃子使了个眼色，桃子立刻摆出一副春风和煦的笑容热情地上前打招呼。妇人一副爱搭不理傲慢的样子，在工作室左看看右看看，转了一圈也没说话，看上去她对那些衣服也不是很上心，走了一圈后竟然若无其事地坐下来开始喝桐衫刚泡好的一壶龙井……

桐衫觉得客人没有买东西的意思，而她也看不出这个人来的目的，不想搭理的她只好低头专心制版。

妇人喝光她一壶茶之后，一脸嫌弃地咂咂嘴："不怎么好喝。"

在桃子脸上的热情微笑开始挂不住的时候，妇人开始一个劲儿地问问题了，话题却不围绕衣服，而是围绕桐衫，每一句都像打探桐衫的底细，不友善三个字就差写在脸上了。

妇人指了指橱窗里的一件衣服："那件是什么东西？"

在橱窗里的当然都是衣服，但那件有点不一样，桐衫终于忍不住开口："不好意思，客人，那件是我在巴黎跳蚤市场淘回来的古着，不卖的。"

看她拒绝，妇人反倒来了兴趣："古着是什么？很贵？你倒是说说看，多少我都买得起。”

“古着是某个年代的服装代表，而现在已经不再生产，价格是不便宜，但我相信您一定买得起。这件保存得很好，是作为我的个人收藏放在这里做展示，而不是售卖品。”

桐衫模仿空姐脸上始终保持微笑的表情，手放在身侧，就差在脖子上系一根丝带了。

总体上还算礼貌大气，桃子在旁边给她点了个赞。

哪承想妇人露出嫌弃的表情，马上移开了目光，拍了拍身上的灰尘，像看到了什么恶心的东西：“死人穿过的二手货，晦气。”

……

很久没遇到找茬的了，桐衫的微笑再也保持不住，面露愠怒，但顾客是上帝，她强压下怒火依然温和地解释：“这件衣服是巴黎一位女士曾祖母的珍藏，子孙们经过数十年的精心保管和呵护才得以保存得如此完好，面料和裁剪都是当时那个年代的缩影，有着不可复制的历史价值，说是古董也不为过。

“对我来说，一件衣服的价值也不局限于它的新旧或者价格，而是它的意义。出生时穿的第一件衣服、小学老师给你系的你人生中的第一条红领巾、上学时觉得丑得不得了长大后又发现那才是最方便的校服、未婚夫求婚时你穿的那条裙子……

“它们见证了主人的成长成熟，主人对它珍视，细心保管这份记忆才随之传承。抱歉我不能原谅‘晦气的二手货’这样的说法。然后，请您离开这里。”

妇人被桐衫这一长段话噎住了，却也不示弱地放下皮包，眼看就要放大招，她的电话却在这时响了。与外表不同，这位妇人的手机铃声是一段非常动听的钢琴曲。

她拿起电话时眼睛还瞪着桐衫，摆出一会儿再收拾你的表情，可接到电话后却突然脸色煞白，身体一软，电话差点摔在地上。

桐衫站在一旁急忙扶住她，问她发生了什么事。

妇人眼睛没有焦点，神色恍惚，完全没有了刚刚的盛气凌人，嘴里喃喃道：“安安，安安出事了。”

安安？

不会这么巧，是她所认识的那个白安安吧？

YUANWEI

第十九章
鸢 尾

想法还未得到验证，白阿姨手里的电话一直传来急促的呼唤声。

桐衫把白阿姨身体的重量压向自己，拿过电话，放在耳边：“你好。”

从电话那头传来一个声音：“你好，请问白阿姨在你旁边吗？她还好吗？能不能麻烦你带她来一下医院？”

声音清冷干净，让人联想起清脆的琴音。

桐衫难以相信，试探性地问：“是你吗？”

这句话问得没头没尾，电话那边却一下子没了声音，听筒里只剩下两人略带急促的呼吸声，桐衫知道他听懂了。

她抬头，天花板白得刺眼，找了找理智，问："你在哪个医院？"

桃子站在一旁完全摸不着头脑，靠近看上去十分奇怪的桐衫，不知道是不是她看错了，明明是这个阿姨出了事，为什么老板在一旁红了眼睛？

医院的走廊清冷潮湿，高跟鞋踩在上面有明显的回声，桐衫和白阿姨赶到的时候，白安安刚被推进手术室。

自杀。手术室外的小护士这么和白阿姨解释。

桐衫在一旁十分错愕，胳膊被白阿姨捏得很疼，她一直以为白安安会活得很久，毕竟祸害都是遗千年的。

一抬眼，杨斐穿着黑风衣站在门口，手放在身侧，指尖的香烟明明灭灭。

桐衫刚想走近他问清楚，没想到白阿姨比她还快，几个大跨步从她身侧闪过，朝杨斐那边扑去……桐衫心惊不已，下意识地想去挡，没想到白阿姨却一把抓住了杨斐旁边一个胡子拉碴三十多岁的男人，一边号啕大哭一边捶打起来。

桐衫顿在原地，心放下一半，她看着那个男人觉得眼熟，却又想不起来在哪儿见过。

"你来了。"杨斐上前，胳膊挡住桐衫，把她带远了一点。

桐衫盯着杨斐的手，问：“你好像有很多事我都不知道。”

杨斐低头看了看手指尖仍在燃烧的香烟，长臂一伸摁灭在旁边的垃圾桶上：“是他的，我抢下了，医院不能吸烟。”

杨斐眼睛生得很好看，睫毛很长，看着人平白就生出些无辜。

现在好像不是争辩这个的时候，桐衫问：“这到底是怎么回事？”

杨斐叹了口气，简单说明了情况，那个男人是白安安的丈夫，有着与老实长相不符的行为——家暴。结婚前完全没有预兆，这个毛病是结婚后才发现的。开始时白安安认为这种行为也许只是偶尔的，等意识到事情严重性的时候她已经脱不了身了。

“她怀孕了。”

事情的结果几句话就可以说清楚，但是这个事情的起始却让桐衫花了不少时间才弄明白。

白安安丈夫的家暴像是一种潜伏的精神疾病，好时对她百般好，坏时却也一点都不留情。

白安安忍耐了大半个孕期，今晨，长期的抑郁使她产生了自尽的想法，直到被邻居发现打了 120 送来抢救。

桐衫忽然想起白安安婚礼那天，她们坐在一处，她问白安安是不是想再婚，白安安笑了，在阳光下她异常温柔，像朵淡紫色的鸢尾花。

她说，怎么可能，女人和男人不一样，和他结婚，就是想跟他一辈子的。桐衫记得她当时笑得幸福，现在回想怎么也想不起来她说那句话的时候有没有抚摸自己的小腹。

“那你呢？”桐衫往后退了一步，眼神注视着杨斐，“你为什么在这儿？”

前晚还说喜欢她，早上还亲了她，结果现在在白安安的手术室门前，这算什么？桐衫的情绪到达一个顶点，对他可能做出的任何辩解都想好了对策。

“那孩子不会是你的吧？”

可是她和杨斐从来都不是一个段位的对手。

“她是我妹妹。”

“哈？”

桐衫初高中的时候确实有很多男生喜欢认妹妹，干妹妹一大堆，最后大多都发展成了暧昧关系。

杨斐弹了桐衫一个脑瓜嘣儿，打断了她的想法。他说，他和白安安是一个户口本上的兄妹关系。

中考那会儿，杨斐爸爸的生意做得风生水起，买了个大大的房子，转了一圈觉得空荡荡的，思来想去觉得可能是缺了个女主人，没两个月，带来了白阿姨和白安安。

白阿姨成了他后妈，而白安安就成了他没有血缘关系的妹妹。

杨斐倒也没在意，父亲生意那边运转得还好，这些人也不用再靠他弹琴养活。他只需要继续弹他的钢琴，离开家也是早晚的事。

而白安安十岁时，父亲嗜赌成性，白阿姨决定和他离婚。几年间这样的“家”也不算少，如果杨父发展不好，这里也不过是个中转站。

高中开学也很不巧，他们被分到一个班，各自安分地过了三个月。那天晚上白安安从舞蹈班翘课被发现后被狠狠地骂了一顿。

白阿姨一直对她要求很高，认为舞蹈绘画都是将来女孩子嫁人的筹码。可白安安不喜欢芭蕾，脚趾因为舞蹈动作压得变形，她把自己关在房间里一直委屈地哭，哭泣的间歇，隐约听到楼下的钢琴声。

杨斐在一楼。

起初是规规矩矩的名曲，后来变成流行音乐，再后来乱七八糟什么动画片的主题曲都有了。白安安不傻，她听得出，那是她那个平时不怎么理人的“哥哥”笨拙的关心和安慰。

得不到本该得到的父母的爱，来自那个她不怎么熟悉的假哥哥的安慰，让她一瞬间开心起来。

哥哥喜欢桐衫，安安那时就知道了，但安安觉得桐衫是个很讨厌的女孩，把自强不息挂在脸上，生怕别人不知道她家境窘迫。

她擦了擦眼泪，光脚踩着木地板，走到回旋楼梯中段，倚在扶手上，打断杨斐。

“嘿，想让我帮她赚到钱吗？那得让我开心才行。”眼睛红红地望着不远处钢琴前的杨斐，她吸了吸鼻子，又笑开，“送我朵花吧，我要淡紫色的鸢尾。”

……

医院外。

“我也只比你早来一个小时。”杨斐靠在墙上解释，“离家之后就不和家里联系了，早上白安安突然给我打电话，情绪也不对，我觉得奇怪就回去看看，发现的时候已经是现在这样了。”

告别电话？前天白安安给桐衫打的也是吗？

就在这时手术室的灯熄灭了，白阿姨的哭声在同一时间停住。

走廊一片寂静，医生走出来，脚步声踩在所有人心上，他摘下口罩，笑着开口：“母女平安。”

婴儿很健康，白安安看了几眼之后就被医生抱走了。征求过白安安的意见之后，她的丈夫没能进来看她，只在门口发誓说准备接受心理治疗，接下来是否离婚都看白安安的决定。

无论如何，新生命总是新的开始。

杨斐帮着办理各种住院手续，白阿姨在外面派发红鸡蛋，好似刚刚什么事都没有发生。

病房里，白安安脸色苍白地躺在床上，额角微微有汗，显得柔美亲和。

她看到桐衫，把桐衫叫到旁边，小声说：“阿桐，我嫉妒过你。”

桐衫睁大眼睛指着自己的鼻子：“我？你确定？”

桐衫高中的时候可和现在不一样，那时的她自卑、弱小又贫穷，远比不上每天穿着漂亮衣服的白安安耀眼。

“一个嗜赌成性的爸爸，一个不断嫁人逼你学各种嫁人技能的妈妈，再加上贪婪的后爸，凑在一起简直是世界大战。虽然你没有父母，我却羡慕你有一个可以说心里话的奶奶，有一门可以养自己的技能。不用被父母逼着选专业，不必被父母逼着嫁给他们选的人，能为了自己活。”

桐衫对这样的白安安很不适应，想岔开话题，又误碰另一个雷区：“你会离婚吗？”

白安安没有正面回答：“十七岁已经是很多年前的事了，我现在是一个孩子的妈妈了，我想变强大，试着自己做一些决定，成为那个小家伙的榜样。”

说起女儿，白安安忽然笑了，看过来的眼神温柔又坚定。

长大真好啊。

桐衫看着她的眼睛，一股湿漉漉的情绪从心底涌向眼眶。

不幸的童年有着漫长的蛰伏期。

在这段时间里，无论是看起来风光的杨斐、一直穷困的桐衫，还是没能力自我选择的白安安，他们互相羡慕，又各有各的苦楚。

而今寒冬过去，虽然并不意味着前路平顺，但他们在忍耐中变得坚强，有了突破眼前困境的力量，找到了自己想要的割舍不了的东西，或许这样，终有一天他们能过上自己喜欢的人生。

XINSHOUCUN

第二十章
新 手 村

医院旁的小路上，桐衫和杨斐漫无目的地走着，桐衫心中憋闷得慌，干脆跳上马路牙子，张开双臂，努力走成直线。

杨斐也由着她，只保持和她一样的速度，护在不远处。

桐衫抬头看着前方的路说：“以前奶奶常陪我走马路牙子，我好笨的，害怕摔下来，就一直盯着脚面。奶奶告诉我，想要在马路牙子走得远不掉下来，就不能低头看脚下，要看远方，这样才能知道前面的路是怎样的，才能走得稳走得远，不会摔下来。‘看得长远，走得才远。’不知道是不是时间过得久了，现在想想，她对我说的话都成了真理。”

“可是我这个人笨得太厉害了，总是顾及不了那么远，开心和难过都只注意到眼前。你刚刚没看到，孩子出生后白阿姨不知道从哪里变出一筐红鸡蛋，都给小护士发了。白安安说她羡慕我，我才羡慕她呢，妈妈在世，还有继父和你这个便宜哥哥，可我只有我自己。”桐衫语气低落，头也越来越低，脚下不稳摔了下来，杨斐眼疾手快，抱住桐衫，带她到安全的地方。

桐衫吓了一跳，反应过来时只感觉到有人在轻轻拍她的后背，在她耳边说：“我来当你的家人吧，让我成为能照顾你的爸爸、亲近的哥哥、给你爱的恋人。你只要选择自己喜欢的方式，不需要费力地看着远处，也不用担心摔下来，我会保护你。”

桐衫抱着他的手紧了紧，埋在杨斐颈窝的头蹭了蹭，眼泪就在这一刻模糊了眼前的一切。

“好呀。”

确认关系的当晚他们回到工作室。

桃子知道这件事后很是为他们开心，一直叽叽喳喳：“怎么说呢，好像是老板想要去买一包旺旺雪饼，得到的却是旺旺大礼包，只赚不赔嘛。”

话糙理不糙，可接下来应该怎么样呢？确认关系之后应该做什么呢？结婚？生孩子……总觉得流程不对。

“当然是谈恋爱啊，”桃子坐在杨斐、桐衫的对面，一脸吃惊，“你们不会都没谈过吧？”

被她猜对了。

杨斐和桐衫两个零恋爱经验的新手，独行了二十多年，第一次对怎么组团行动进行了思考。

桃子在偶像面前不好意思把自己多年的恋爱经验拿出来分享，转头看桐衫，她一脸不甚在意与己无关的表情，而杨斐表面淡定，内心也许也有点不好意思，但他胜在不说，就显得很高深。

长达十分钟的沉默，三人一致决定有事找“度娘”，并坚信网络是促进人类智慧发展的重要工具。

桃子被允许提前下了班，杨斐去倒茶，桐衫想起二楼小仓库里有上一个房主留下的台式电脑，决定找一找。电脑有些老旧又沉重，桐衫费了好大力气才把它拖拽出来，蹭了一身灰。

杨斐倒茶回来，看着桐衫狼狈的样子，接过电脑搬到桌子上，轻松地转身拿出21世纪才有的智能产物。

“用手机不是更方便吗？”

这就尴尬了。

实话实说自己忘记了会不会显得她智商很不够用？桐衫向来智商不在线的脑袋此刻转得飞快，为自己的笨拙想了个理由——仪式感。

古代开疆拓土出征前都要祭天，桐衫谈恋爱当然不能随意……

开机时间漫长，桐衫坐着，在这段时间里环顾四周，发现二楼只有她屁股下这一把椅子。

自己坐着让杨斐站着这多不好意思，想开口让他坐，自己去楼下搬张木椅来，却见他很自然地走到她身后，俯身拿起鼠标，身体和手臂圈成了一个空间，把桐衫环在里面。

这是没谈过恋爱的样子吗？撩妹姿势怎么这么熟练？

桐衫咳了咳，起身把灯关了，这样比较不容易看到她此刻通红的脸。

度娘真是万能的！做菜的步骤有很正常，恋爱的步骤竟然也有一堆。

黑暗中，他们详细地浏览了网上的恋爱攻略之后，桐衫和杨斐加起来年纪接近半百的人，极幼稚地列了一个待做事项的单子，第一件事是非常郑重地交换了脸书和微博账号。

说是互换，其实桐衫早就知道他的微博，还偷偷上去看过很多次，但他的主页里很少发私人东西，基本都是官方的巡演宣传。

“这些都是公司帮忙打理的，我不怎么用。”

桐衫耸耸肩，表示遗憾，心里却莫名有点开心，杨斐不发微博她早就知道，但听他这么说意外有种自己交了一个明星男朋友的错觉。

不对，杨斐本来就很有名，而且不像有些明星只浮于表面。

“女人眼中不可饶恕的男人的十一个特点。情侣同居，你认真考虑过了吗？”

桐衫看着网页上的这些标题，怎么想都觉得现在的自己蠢极了，可脸红什么的也太软妹了，一点也不像自己。

思来想去，她打开电影网站，决定看部恐怖片，分散注意力，顺便展示一下自己天不怕地不怕的“阳刚之气”。

可恐怖电影也有很多种，丧尸、灵异、杀人分尸……桐衫觉得应该咨询一下杨斐的意见，转头看着杨斐，问道：“你想看哪个？”

转头的瞬间两人一下子离得更近，近到能感受彼此的呼吸，她咽了咽口水，下意识躲开，视线回到恐怖片上，自顾自地回答：“要不先从不那么吓人的看起，慢慢来，我段位高，可以带你。”

杨斐注意力也早就不在恐怖片上了，他勾起嘴角，放下支撑在桌面的胳膊，掰过桐衫单薄的肩膀，左手抬高她的下巴，俯身，吻了过来。

“就按你说的办。”

因为上次接吻丢了面子，桐衫这次很努力摆脱生涩，动作莽撞却格外用心，杨斐则一如既往地温柔细致。

周围很暗，只有老式电脑泛着幽光，照着他们的脸。

不知道是不是运动时空气都会变得稀薄，桐衫有点缺氧，不由得扯住杨斐的衣领，有点走神。忽然觉得这个气氛特别像十几岁的时候，小情侣约着回家写作业后的那种刺激又提心吊胆，要是这时有家长忽然开门……

她想着想着不自觉地笑开。

杨斐在她唇上轻咬一口，似在惩罚她的不专心，桐衫吃痛，眼睛一花，笑意不减，眼前的杨斐神奇地变成十几岁的少年。

那个穿着校服，弹着钢琴，问她要不要看他比赛的少年。

而今变成她的少年。

真好。

总的来说，去掉那些不适合桐衫和杨斐的爱情攻略，经过大半个月的反复磨合，他们渐渐掌握了一套自己的相处方式。

尤其是杨斐，在度过最初的青涩期之后，无论是色诱还是勾引桐衫都变得游刃有余，让人怀疑穿着白衬衫的他不是一本正经的钢琴家，而是一条披着天使外衣的大尾巴狼。

桐衫和杨斐互道了早安，准备开始虐狗生涯的新一天。珠帘轻响，快一个月没消息的人出现在她面前，笑得依旧邪气，却没有了初见时的颓废，倚在门口拗起了造型。

桐衫倒是没有一丝拘谨，拿出一沓女装图稿，上前放到他手里，裙尾荡起一个圈。

她语气轻松，问候友人："好久不见，南山。"

南山转了转腕表，对要求这么风流倜傥的自己为大妈选衣服表示不满。

"哦？"桐衫挑眉，"小伙子不服？那我们换个话题，这段日子你去哪儿了？"

南山咂了咂嘴，乖乖偃旗息鼓，低头指了指灰色那张："我觉得这件不错。"

桐衫点了点头，拿起图纸修正起来，她工作时极其认真，南山在一旁坐了一会儿，喝了口桃子沏的茶，问："这件衣服给谁设计的？"富商太太？女明星？还是亲人？"

对方忙着裁剪布料没抬头："杨斐后妈。"

哦，他就不该问的。

"你们发展到什么程度了？"这么短的时间就见了家长？不会孩子都有了吧？

桐衫停了下动作："革命初期。"

南山眸中有了亮色，这么说，革命尚未完成，他就有机会反革命。

"但我这辈子可能就只有这一次革命了。"

"怎么说？"

"早上起来第一件事就是想他，夜里有他一句晚安才能入眠，我以前讨厌的东西现在都渐渐变得喜欢，无论是亲密接触还是中年妇女，你看我现在为了讨好他后妈还在给她设计衣服。南山，感觉你经验一定比我多，你说，我是不是完蛋了？"

南山倒茶的手抖了一下，茶水些微溢出。

他眼睑低垂，擦了手敲了敲桐衫的脑袋，说："没有，你好着呢，整个一恋爱中的白痴。"

是他完蛋了，策反还没开始就注定失败，而失败的原因，是眼前的桐衫这么快乐，他不忍心让她经历一次战败后的伤亡。

白阿姨再次来到桐衫工作室的时候，桐衫的设计图已经画好很久了，一直迟迟没有准备布料制作。

桃子问过她原因，她也老实说。

五年前在她还是高二的时候，就有这样的习惯，喜欢一个人就想用自己能做的一切对他好，自己会做衣服，她就费了很大心血给杨斐做了一件西装。

“后来呢？”

后来……她的西装还未来得及送出去，杨斐就当着全班同学的面送了白安安一朵鸢尾……桐衫回家把西装一点一点剪碎了。

“年纪大了，剃头挑子一头热的事我现在就很少做了，总要事先考虑一下，这个人会不会拒绝，会不会喜欢，值不值得。”

……

事实证明桐衫还是想多了，白阿姨根本不是来找她的。

白阿姨拉着杨斐的胳膊，叫得很亲密：“小斐，阿姨就求你这一回，你去看看安安吧，年轻人之间好说话，安安现在不好。”

白安安得了产后忧郁，娘家虽财势名望颇高，婆婆那边却也不差，提出离婚后，家产不说，孩子的归属一直争执不休。她生产后本就身心俱疲，现在更是心力交瘁。

“阿桐是吧？我们安安总是这么叫你的。”白阿姨看杨斐不作声，立刻面上带笑转向桐衫，和前几天来时完全不同。

桐衫没有妈妈，见到白阿姨这样就忍不住心软，她应了声，拉了拉杨斐的衣袖，说："你先去看她们母女，我问白阿姨一些事，过一会儿再去找你。"

问一问她想不想要那件衣服，也不至于白忙一场。

"好。"杨斐站在她身后算是答应了，走近她摸了摸她的发丝，"晚上我熬汤吧？"

桐衫不明所以。

离得很近，他说话时的气息喷到她的耳朵："你早上不是说天气干？"

桐衫发丝软软滑滑的，在杨斐的手指上，被绕成几个漂亮的圈。

她抿了抿嘴，很努力忍着才没笑出声。

大概是她多心，对人好总是有回报的，早知道应该把衣服做出来才对。

杨斐出门了，桐衫蹲在一堆图纸前翻找。

昨晚桃子把图纸收起来了，如今桃子不在，桐衫一时不知道放在哪儿了，只好一一翻找。

翻了大半还是没找着，桐衫担心白阿姨等不及，赶忙走到茶座前准备给她续杯茶。

“桐衫，”白阿姨冷着脸，手按住桐衫端起铁壶的胳膊，语气全然没有刚刚的亲昵，“小斐不在，我也就明人不说暗话，安安这边离婚了，小斐也没结，俩孩子之前就有感情基础，你就不要掺和了吧。”

哎？谁掺和了？

白阿姨是想让杨斐和白安安再婚？她前阵子突然来桐衫的工作室也是来示威的吧？不对，这示威会不会太早了些，当时白安安还没离婚呢吧？

可无论如何，她和杨斐现在是正式谈恋爱呀，怎么就变成掺和了？

桐衫一时不知怎么开口，努力平复情绪，手翻到下一张图纸，正是给白阿姨的设计图：“阿姨，您等一下，我给您设计了一件衣服，拿给您看看。”

桐衫向前迈出一步，白阿姨就开口阻止：“我不要，又是那些二手货？桐衫你心怎么这么坏，是故意拿二手货影射我是后妈我女儿二婚是吧？”

……

此前桐衫想过无数次，如果妈妈在的话会是什么样子呢，或严厉或慈悲，种种面貌她都设想了一遍，如今她还是不能想象妈妈具体的模样，却能肯定地把白阿姨这种排除。

“您多想了，”桐衫咬咬唇，当着她的面把图纸撕掉，“只是还没完成的图纸，这么看来也不会变成实物，就更算不上二手货了。我还有些事要忙，就不送您了。”

逐客令下得白阿姨很不爽，她受了气，走得并不痛快，到门口的时候拉门的手停顿了下。

“桐衫，你以为杨斐是真的因为喜欢你才跟你在一起的？”

桐衫不懂她话里的意思，想问个究竟。

白阿姨没给她机会，只甩下一句：“我和我闺女的婚姻是个笑话，你以为你的爱情又能好到哪儿去吗？”

YUDEYINJI

第二十一章
雨 的 印 记

桐衫当晚没等来杨斐。

他打来电话说是斯派克要他去C市见一个老朋友，再加上要赶一首曲子的进度，可能要过几天再来看她。

遇到工作方面的问题，桐衫这个女朋友向来是很宽容大度的。

可能因为她自己赶制衣服设计图纸时，也会一忙就是好些天，所以对杨斐有工作要忙也会格外谅解。

他说微信联系，桐衫也就没怀疑什么。

等一周后杨斐回来，她也没瞧出什么异常，想着白阿姨说的话一定是故意气自己随口胡编的，也就把那件事抛在脑后了。

夏天工作室才开张的时候还只有桐衫和桃子两个人，眼看现在十二月，天气渐冷，工作室反倒热闹起来。

除了桐衫、桃子，还有杨斐来得频繁些以外，穿着格子衬衫的南山倒是晃悠得十分勤快，可他找的却不是桐衫。

南山这人，似乎格外喜欢英伦风，有时可能过于喜欢了，他每每来工作室都会随身带一把黑伞，把 A 市当成了天气多变的英国，需要随身带伞才能活得放心大胆。

怪人。

桐衫在工作台画设计图纸，看着南山在落地窗前已经站了十分钟，只是为了把黑伞放在一个看起来最完美的位置。

桐衫伸手招来桃子，靠在她耳边小声对她说："他脑子不太好，以后记得离他远点。"

桃子显然不这么以为，她看着南山一只手插裤兜的站姿，露出一脸花痴相："老板，你看这宽肩、细腰、大长腿，这身材不需要脑子。"

"花痴。"

话音刚落，南山浅笑着，迈着长腿向两人走了过来，问："你们说什么呢？"

桐衫问：“我说外面一丁点下雨的意思也没有，你能不带伞吗？”

南山也诚实回答：“不能。”

他是来找桃子的，半月前就常常带着些果蔬，跟着桃子学学做菜。

桐衫看桃子总是盼着他来，对这两人轰炸厨房的行为也就默许了，有时心血来潮，还拉来南山，交流交流桃子的喜好趣味。

撮合姻缘这种事桐衫第一次做。她自己过得开心了，自然而然地也希望身边的人都开心起来。

桃子是自家孩子，南山是好友，她也没想着有什么回报，倒是南山的菜做得越来越合口味，她很满意。

唯一不满意的是杨斐，自从斯派克说的曲子做好后，他又要紧锣密鼓地投入到下一场巡演。

得到消息后，桐衫坐在一旁没说话，把抱枕放在身前，下巴枕在上面，明显失落了。

杨斐见她如此却是笑弯了眼睛，站在她面前，手指轻挠她的下巴，像在逗弄一只小猫。

“我明天下午要去C市巡演，大概离开半个月的时间，年末的最后一次巡演在日本，全球巡演就可以正式结束了。”

“哦。”不想让他走，自己这边又抽不开身，桐衫不开心，回答得十分敷衍。

杨斐见状，抛出诱饵："结束后我会有三个月的假期。"

"哦？"桐衫头抬高，想要离他近些，明显来了兴趣，"我要出去旅行，去很多地方。"可很快情绪低落下来，说，"你才刚回来。"

杨斐坐在她身边，依旧那样温柔地看着她，伸手轻抚她的发。

他内心笃定，可以和眼前这个依偎在他怀里的女孩，度过一辈子那么长的时间，不惧怕这短暂分别。

工作室的下班时间一直很灵活，桐衫自己又是老板，为了给杨斐饯行，她早早给桃子放了假，决定把人生中第一次下厨做饭献给他。

她开开心心地去超市买了菜，把食材放到厨房，拍拍手在厨房满意地转一圈，拿起手机，拨出杨斐的号码。

没人接。

桐衫想着也许杨斐是路上耽搁了，堵车嘛，瞧了瞧手表，现在正好是晚高峰。

这样的情况持续了几个小时，桐衫在座位上渐渐烦躁起来，看了会儿新闻联播，看了会儿八点档肥皂剧，晚高峰都快过去了，也没看到杨斐的影子。

工作室外街灯亮起，晚归的人流也都走向家的归途，桐衫的肚子发出了最后的吼声。

杨斐不会遇到什么危险吧？电视里刚刚还报道了最近 A 市有几起抢劫案，杨斐长那么好看，没被偷包被劫色也不是没可能。

想到这儿，桐衫就起身准备出门和歹徒决斗，拉开门又马上退了回来，在厨房里挑挑拣拣后悔刚刚为啥没买鲱鱼罐头那样的杀伤性武器，退而求其次，拿起了一根白萝卜。

桐衫刚走向门口准备关掉灯，门就开了。

来人和杨斐差不多高，衣服却不大相同，桐衫把白萝卜挡在身前吓得浑身抖动，萝卜叶断掉，她唯一的武器很不给面子地在地上滚了滚。

“杨斐？”

没人应，桐衫闻到了浓重的酒气。

“是我，南山。”这才发现那人身上穿的那件衣服是这个月一直在她眼前晃的格子衬衫。

她迅速蹲下，捡起萝卜，为了掩饰尴尬咳了咳：“这月黑风高的，你怎么来了？”

“桐衫，”他把笑容敛去，语气正经地邀请桐衫私奔，“跟我走吧，我会好好待你的。”

如果用一句话来形容桐衫此刻的表情大概就是“我把你当兄弟

你竟然要睡我”。

攥在手里的白萝卜险些脱手，她憋了十分钟，想了半天只说了一句话：“啊？”

可见吓得不轻。

南山的表情倒是有些疲倦，仔细看衣服也有些褶皱。

他抓向桐衫的手臂，被她闪开，退而求其次抓向白萝卜：“当是帮帮我，带我去日本见你师父。”

听到不是私奔，桐衫松了一口气，可也愈发糊涂了。

她看着南山有些激动的脸，把他让到木椅里，放下白萝卜，拿起茶座上的铁壶，这才安心。

果然，武器还是金属的比较靠谱。

南山端起茶杯，醉意更甚，把茶汤放到唇边饮了一口，摇摇头给桐衫讲了一个故事。

他说：“你信不信，我多年前也是个‘少爷’。”

桐衫皱眉点头，想吐槽说少爷怎么了，你现在也可以是个“公子”还是花花的，可看他讲得认真也没打扰。

十几年前，南山的父亲是全国有名的C服装公司董事长，而他作为公司的少爷自然也过着优渥的生活。变故发生在他高三那年，父亲生了病，也不是大病，手术后好好静养即可，就没多在意，这一不在意却给了有心人可乘之机。

南山有个一直混社会的叔叔，坑蒙拐骗没少干，突然找了来，说要改过自新让父亲念在兄弟情义上给他谋个职位，父亲手术在即，也没心思管，就让秘书给他安了个闲职。

哪承想叔叔和父亲的老对手里应外合，趁着父亲动手术没时间留意他，窃取了公司很重要的资料和印染秘方，卖给了对手，对手反应迅速，得了东西后，设计打压公司，等父亲出院，公司已赔了大半。

A 市的母公司也只剩个空壳，全国的分公司仅剩 C 市一个，分公司入不敷出，还欠了职工很大一笔工资。而叔叔得了钱还了赌债又去赌，没多久又败光。

桐衫坐在南山对面，垂眸看着清透的茶汤："南叔叔气坏了吧？"

"这倒没有，那次手术之后出现了并发症，最后爸爸死在了手术台上，反倒成了最轻松的人。我记不清爸爸进手术室前嘱咐过我什么，只记得，那天下了好大的雨，然后他就再也没有醒来过。"

南山的父亲死后，叔叔不仅骗妈妈，抢占了那仅剩的分公司，还推给他们母子俩很多债务，他们生活困顿，后来他大学上到一半，不得已休学赚钱。

这也是桐衫在时装秀门口遇到他当野模的原因。

“还记得你推荐我进入赵哥的公司吗？他说我很适合当模特，我当时也觉得确实找到了一件适合自己的事，可我走 T 台时摸着身上的衣服就总是想起爸爸，想着他应该会很不甘心吧。”

他扯了扯自己的衣领，表情是桐衫从没见过的哀伤：“后来我跟赵哥说起这件事，赵哥说他正好有项目和叔叔的公司竞争，说可以给我机会反击，我们现在在跟进一个项目，需要找有地位的人帮忙。”

……

她师父许竹延就是南山眼中的好选择，这却不是桐衫所在意的重点。

桐衫攥紧铁壶把手，说话一字一顿：“你刚刚说你爸爸的公司叫什么名字？”

南山感觉到她的不寻常，犹豫着重复了两遍：“锦荣。我爸的公司叫锦荣。”

“哦？”她放下铁壶，不同于以往的轻松活泼，眸光里透着股狠劲，仿佛这仇是她身上的，“看来这个忙我还真非帮不可了。”

南山从回忆里回过神，看到桐衫的反应，笑了：“知道的认为你是重情义，不知道的还以为你和他有什么恩怨呢。”

桐衫抬眸看他："你怎知道没有呢？"

锦荣公司旗下的服装厂就是当时雇佣奶奶的服装厂，也就是说南山叔叔做的事间接导致了奶奶的死亡。

"如果非要扯上一点关系，"南山长眼微合，思索起来，"那天我走时看到了那个阿姨，就是工厂的厂长夫人，以前他们没离婚时爸爸还带我见过他们的孩子，叫白安安是吧？"

……

桐衫浑身一震，咬着牙轻轻闭了闭眼睛，她掏出手机拨出一个号码，然后死死盯着那个号码一动不动。

仓促间，电话很快就被接通了。

"阿桐，有事吗？"自那次从医院回来之后她们的关系就变得亲密。

桐衫直截了当地问："锦荣公司的厂长姓白对吧？"

电话那边的声音立刻紧张起来："是这样的，当时我们也只是想帮你，真的没想过后来会发生那样的事，你要相信我，杨斐也不是因为愧疚跟你在一起的。"

"杨斐？"和他有什么关系？

白安安意识到自己的口误，也只能承认："当初是他拜托我帮你的，他一直很自责觉得因为他你奶奶才死掉的。"

“我就奇怪，那天白阿姨和我说的话是什么意思。原来……杨斐他是同情我才说要当我的家人……”

“你听我讲，我妈妈她不是有意的，事情是这样的……”

桐衫情绪激动地打断她：“所以他一直觉得对不起我，想要补偿我？而不是喜欢我？”

……

电话被她挂断，而她再也没有勇气去追寻真相。

PINGFENG

第二十二章
屏 风

候机室温度不高，桐衫裹紧衣服，把分手短信编辑好发送，没有等对方回复就直接关机，然后把手机丢进垃圾桶。

南山在附近转了一圈回来，把热奶茶放到她手里，然后径自坐在她的右边。

“谢谢。”桐衫手指抚摸着杯身，表情很淡。

南山表面上很不正经，却意外地很细心。

下一秒，桐衫就知道自己想多了，她的肩膀上多出一只手，南山凑近她，手指摩擦她的脸：“可是桐衫，我竟然觉得高兴，你要不要考虑考虑我，虽然落魄了点，但潜力无限啊，唯一的缺点就是有点花心，保不齐喜欢你之后还会喜欢个桐四、桐五、桐六……”

桐衫趁着他还没背出九九乘法表，手掌以极快的速度和他的脸完成了一次会晤。

东京现在还不是很冷，街道上有很多露大腿的女高中生。

桐衫裹着长到脚踝的橙色羽绒服在路边等车，抬头看着南山脸上还没褪色的红色掌印，眼神不自觉地瞟向别处，有些尴尬。

刚才打得狠了，她的手到现在还有些麻。

看桐衫别扭的样子，南山立刻强调自己的委屈道：“我就开个玩笑，我承认我喜欢过你，但那也是过去式，我这个人，向来很容易认清现实的。”

桐衫点点头，一时间不知道该怎么接话，手握成拳放嘴边轻轻咳一声，然后开始扯别的话题：“咳，我师父这人，哪儿人少往哪儿去，你别看现在东京不冷，一会儿坐上火车，下车之后你都不一定走得动了。”

这倒是真话，许竹延的住处不定，大多在深山老林里，景致倒是古朴自然，可生存环境却十分恶劣，夏季蛇虫鼠蚁多，冬天不提前准备好过冬的干柴也根本活不下去，也没有网络，和外界联系最多只能靠书信。

但有一点却是极好的，大自然有危险也有宝藏，许竹延就总是能在其中找到染色植物、桑蚕和生漆那样的好东西。桐衫在那样的环境里待得久了也就不觉得无聊，渐渐找到这其中的趣味来。

下火车后，桐衫带南山走进一片森林，眼前的画面是极简单的色调，棕灰色的树木枝杈上压着白色的雪，偶有微风，点点雪花被吹落下来，又被树木间厚厚的积雪接住，保持一身的白。

好像天真的孩子欢呼着滑过滑梯，最后安全地到达地面。

“到家了呀。”

许竹延的家很好找，与其说好找，不如说这山里就只有这么一户人家，你把整个山头翻遍了，总是能找得到的。

那是一座两层的日式小屋，门口种了很多四季常青的松柏，桐衫离老远就闻到了饭香味。

仔细想来奶奶、师父和桃子的厨艺都很好，也正因如此，桐衫这么多年都不会做饭，换个角度想这也是一种被关爱的证明。

桐衫快步跑到门前，侧拉开门，一楼没有人，她又抬脚去了二楼。

南山走在后面带上门，屋里很暖，器物不多，但仅有的几件就足以看得出主人的品位，比如屋子左侧的日式古董屏风，半人高，小巧精致，上面是金线刺绣，图案是两只小狗在一棵红果树下嬉戏。

看着温馨有趣，又能觉出价值不菲。

他还没环顾屋子一周，就被桌案上的一张照片吸引了眼球。

照片里是个十五六岁的少女，穿着淡粉色和服，手里点着烟花棒，笑容灿烂地依偎在蓝衣少年身边，长着和桐衫相似的眉眼，看得出是参加日本的夏日祭时拍的。

南山对着正在下楼的桐衫，疑惑道："你和许竹延以前是恋人吗？"这样亲密的姿态和这样依恋的目光，说不是关系特殊也不会有人信吧。

桐衫一边下楼梯，一边念叨着楼上怎么也没人，抬头看到南山拿着的照片，笑得坦荡："哈，你觉得这女孩很像我？师父他也这么觉得。"

十七岁的桐衫第一次住到许竹延家里时也被吓了一跳，她那时脑洞就已经开得极大，怀疑过很多可能性。

照片上的是她失散多年的孪生姐姐？或者自己其实是克隆人？师父带她来日本不是要进行什么秘密的生物实验吧？后院是不是埋了一堆这种长相的尸体？

问师父照片上的女孩是谁，他也不肯说，好在桐衫搜查能力还不错，在阁楼旧物堆里找到了一本樱花封面的日记本。

显然这样少女风格的日记本不是师父的，遗憾的是她不懂日文，也就不明白这日记本的主人说了什么。

直到三年后，桐衫会了些日语，才勉强理解其中的意思。

其实故事很简单，总结成四个字就是：芳心错付。

许竹延小时候邻居家住着个可爱的小姑娘，他那时还没能像现在这样由着心意搬到深山老林里独自生活，却也已经有一个看着温和、实则对所有人都疏远的性格。

小姑娘热情地来找他玩，但多半是遇到这样的情况：姑娘玩过家家，他看书；姑娘缝布娃娃，他看书；姑娘做饭把厨房点着了，他无奈地把姑娘带出厨房，倒掉烧黑了的菜，书看不成了就拿起了菜谱……

南山经验丰富地总结道："小姑娘这是方式不对呀。"

桐衫也这么觉得，不过后来姑娘长大了，人也变得聪明了些，强拉着许竹延出游，夏天看风吹麦浪，秋天的夏日祭看烟火，冬天去札幌参加雪祭。

"好了不少，却也没实质性进展嘛。"

"你不懂，女孩子都是很复杂的，表面上是一个样子，心里又是另一个样子，让你看到什么心思，想表达的又会是更深层的心思，就像带你去看风吹麦浪可能是想你也那样轻抚她的头发，去夏日祭人多又吵是想在烟火下听你告白，大冬天出门还不戴手套是想你能拉住她的手。”

南山乐了，意味不明地看向桐衫：“这么说，你刚刚打我拒绝我，可你其实很喜欢我喽？”

桐衫打断南山的幻想，严肃地回答：“呃，不是。女孩子只对喜欢的人这样，我拒绝你就是很单纯的拒绝你的意思。”

……

显然许竹延当时也没意识到女孩子那些小心思，或者意识到了也没有打算回应，等姑娘被父母带走搬家嫁人他都没说过一句挽留。

“他不喜欢那个姑娘？”

“也不是吧。我自认可能有那么一点天赋，可如果不是有些相似的眉眼，师父应该也不会跑出赛场要我跟他回日本吧，所以，”桐衫托下巴沉思，“他应该是喜欢的，不过是天生对感情少根弦，自己都没意识到。”

桐衫把清酒端出来，倒在杯里，想借着师父的故事解一解自己的愁。

伤心的时候好像特别容易醉，也就两杯下肚，她就出现了幻觉。

一个三四岁的小娃娃从屋子左侧的屏风里走出，小手揉着眼睛像是刚睡醒，看到桐衫一下子精神了。

小娃娃开心地跑到桐衫面前蹭进她的怀里，用日语叫了句：“妈妈。”

桐衫听说过有些器物用久了会通灵，书上也有很多器物化身人形报恩的故事，眼前这个男童是那扇屏风变的也不是完全说不通，可叫她妈妈是为什么？

“南山，”娃娃还在怀里，桐衫紧张地张开手，也没想好要不要把他拉开，声音有些抖，“你看得到他吗？”

南山也被惊住了，点了点头，说：“你觉不觉着他与你长得有点像？”

桐衫不要脸地随口胡诌：“大概好看的人长得都差不多吧，你别愣着，把他拉开，我不敢动。”

就在南山艰难起身不知如何下手的时候，门被拉开了。

那人穿着墨蓝色和服，关门，放下背篓，换上玄关的木屐，看到眼前有些滑稽的景象也没什么惊讶的表情。

桐衫手伸向来人，像看到了救星，和小娃娃同时开口。

“师父——”

“爸爸——”

SHUIBIANDEADILINA

第二十三章
水 边 的 阿 狄 丽 娜

小娃娃看到许竹延来了，立马就松开了桐衫，跑到他身前，笑嘻嘻地挂在他身上，抓抓他到耳根处的头发，不一会儿就睡着了。

许竹延很自然地抱起孩子，目光扫过南山时皱了皱眉，又看着桐衫，坐在桌前，给她时间解释。

桐衫如释重负，把事情的来龙去脉告诉了许竹延，那些和这件事无关的，像是杨斐就被她自动屏蔽掉了。

南山在旁边找到开口的机会，生意人一样拿出一张合同，上面把许竹延做这件事之后所得的利益一一列出，只要签字，许竹延就可以得到一笔可观的收入。

许竹延没接，扫都没扫南风一眼，径自拿出白瓷杯子倒了杯清酒，没有开口的意思。

桐衫自然知道那些数字许竹延是瞧不上的，她冲南山眨眨眼示意他别说话，自己拉了拉许竹延的衣角："师父，你会帮我的吧？"

如果南山成功把叔叔打败，她也算间接报仇了。

"你，我自然会帮，合同就算了，你自己看着处理吧。"许竹延放下白瓷酒杯，抬眼看向桐衫，"还有，桐衫，我说过不要叫我师父。"

让她处理？桐衫眼睛冒着光，自动忽略了后一句话。

转身从南山那里拿过合同，笑眯眯地折好，放进了自己的口袋。

这处理起来就非常容易了。

其实许竹延要做的事说起来并不复杂，无非是帮忙引荐一些人，再以资历地位给南山做个保障。

既然答应了，南山也开始忙碌起来，白天的时候随着许竹延去东京经常不在家，这样的情况持续了一个星期。

其间，桐衫没找到机会问那孩子的来历，许竹延也没有主动告诉她的意思。

桐衫想起上次许竹延到中国带她去秀场的时候，就有人八卦说他已经结婚，还生了一个孩子，不会是真的吧？那……她师娘在哪儿呢?

没等她弄明白，更艰难的挑战就摆在了她眼前——

家里只剩下两个人，那小娃娃就总是追着桐衫让她抱，桐衫没接触过小孩，觉得小孩子像电影里吃人的小怪物，十分不讨喜，也不好动手，只能满屋子躲。

好在桐衫这么多年也不是白混的，她观察得出一个结论，小孩子很笨很好骗，拿些吃的给些玩具就能哄好，相处的时间长了，似乎也并没有“吃”她的意思，这才放下心来。

这不，桐衫放下笔，拿起宣纸对着小娃娃展示自己刚画好的小金鱼，小娃娃则听话地从厨房拿了米糊。

桐衫拿出之前做好的木架，把米糊粘在架子上，最后把宣纸贴了上去，一个风筝就做好了。

“飞，飞。”娃娃叫秀一，年纪还小，说话不利落，只能说出零星的词，见风筝飞不起来，小圆屁股一扭一扭地蹭到桐衫身边，要她帮忙。

桐衫被拉了两下，佯装反抗一下，就屁颠屁颠地去把风筝举高在室内盘旋，装作飞起来的样子。

她其实很乐意的。

秀一也很配合地鼓掌，看得很开心。

许竹延回来的时候看到的就是这样的画面，桐衫二十几岁的人，傻兮兮地拿着纸糊的风筝满屋子跑，嘴里还喊着："飞呀，飞呀。"脚旁一个圆墩墩的娃娃围着她拍手跳。

桐衫很快发现了穿着正式的许竹延，羞红了脸，身体僵硬地放下风筝，装作什么也没发生。

"咳，你回来啦，南山呢？不跟着没关系吗？"

"在东京，没关系，我不用全程出面的。"

许竹延似乎心情不错，把小秀一哄睡着后，终于好心地给桐衫解释了一下他的来历。

和坊间流传的八卦不同，许竹延没结婚。

秀一是桐衫发现的日记主人的孩子，日记主人嫁人后全家出游时出了很严重的车祸，就只有秀一在她怀里侥幸活了下来，于是许竹延就把他带回来当成义子抚养。

"这是什么时候的事？"她怎么一点都不知道。

"从你工作室回来之后吧。你喜欢这个孩子吗？"时间没过很久，桐衫一直没回日本不知道也正常。

桐衫点头，觉着这孩子可怜，想感叹一句什么，也不知如何开口。

然而眼前的困境永远不会是最后一个，许竹延的下一个问题更让她回答不出。

“既然喜欢，你愿意做他妈妈吗？”许竹延拾起地上桐衫瞎做的风筝，看着她的眼睛，“桐衫，跟我结婚吧。”

女人在每个年龄段对自己被求婚的场景和对象多少都有些幻想：幼儿园的时候如果对方有块糖就会跟人走；小学的时候觉得将来嫁的人家里要有一屋子洋娃娃；初中时也许会幻想偶像拿着玫瑰和气球从电视里走出来；高中时暗恋一个男生就盼着能和他走一辈子……

二十二岁的桐衫发现之前自己做的设想都白费了功夫。残酷的现实是对方刚哄完孩子睡觉，手里拿着断了翅膀的风筝，求婚理由只是想让她当孩子他妈。

她抽了抽嘴角，说：“你甚至都不喜欢我。”

“喜欢的。”

“喜欢我什么？”

许竹延就答不出了。

桐衫循循善诱：“眉眼好看？会设计，有天赋还努力？活泼善良又勇敢？”

很容易听出她是在夸自己，许竹延停顿了下，最后还是硬着头皮点了点头。

……

桐衫听过保罗·赛内维尔创作的一首曲子叫《水边的阿狄丽娜》，据说这首曲子的灵感来自一个希腊神话——很久很久以前有个孤独的国王，他按着自己的想象雕刻了一个美丽的少女，每日看着雕塑，觉得自己爱上了它，日夜祈祷，盼着有奇迹发生。后来，爱神阿芙罗狄忒被他感动，赋予雕像生命，从此国王和少女幸福地生活在一起。

“你觉得这是爱情吗？我觉得不是呢，国王喜欢的不是雕塑少女，是他对爱情的幻想，雕塑只是一个载体。而你，如果我当时没找到那本日记，也许会相信你喜欢的是我，可我偏偏看到了。你喜欢的不是我，你喜欢的是青梅，更具体些，你想弥补的是多年后回首没和青梅在一起的遗憾。”

“我和她的眉眼相似，所以你收留我，教我的技艺也大多往她喜欢的方向靠拢，想让我变成另一个她？可我终究不会是她。你在我眼里也不是一直在身边长大的邻家哥哥，而是师父。”

桐衫说得激动，她是把许竹延当成师父尊敬的，也不想和他因为这个起争执，随口找了个和孩子玩得有些累了这样蹩脚的借口，就躲去二楼卧室休息了。

窗外飘起白雪，压在松柏上，松柏承受不住，一大块雪抖落在雪地，砸出一个坑。

许竹延在窗边独自坐了一会儿，将孩子抱回卧室里，从抽屉里拿出一本粉皮本子。

那是孩子母亲在分别时送给他的日记，里面记载了许竹延从小到大不解风情的事例，相比情书，许竹延觉得更像是一本厚厚的罪状书，罗列着他多年的斑斑劣迹。

她在努力多年无果后得出结论：许竹延天生没有感情，少根弦。

好在临走时那些求而不得的恨，都化成了无奈的笑。

她打趣他活该单身一辈子，之后潇洒地消失在他的视野。

多年后许竹延遇上桐衫，相处几年下来，也还是说不出那到底是不是喜欢，只觉得不想和她的关系只是师徒那么简单，想要更近一步却无从下手，想着既然平生第一次对一个人有绑在身边的想法，那么给出婚姻的承诺是不是可行?

如此笨拙的方法，得到否定的答复，说不出是不是在他意料之中。

许竹延合上那本日记，透过木窗外的枯枝看着青白色的天空，感慨："还是被你说中了呀。"

他也许真的会单身一辈子。

好在还有秀一，他总不是孤单一人。

XINGYUEYE

第二十四章
星 月 夜

大清早，饭桌上秀一用小肉掌拉着南山的小指，嚷着要去找桐衫玩。

桐衫在二楼，近些天她睡得不好，不知道是不是和心情有关，每每到后半夜身体实在支撑不住时才能什么都不想地睡着。

此刻她还在享受这短暂又幸福的睡眠时间，全然不知“危险”正在靠近。

南山手指微弯叩了两下门，没人应，等一会儿，再叩还是没人应声。

秀一矮小的身子还不到门的一半高，手指伸进门缝，费了些力气把推拉门拉开些，小脑袋立刻探了进去。

“姐姐？”

卧室的浅色地板上铺着垫子，桐衫盖着被子躺在垫子上，她还在睡，头发散在脸上看不清面孔，实在算不上什么优雅的睡姿。

小娃娃歪了歪头，看着窗外早就大亮的天空，犹豫着张嘴想把桐衫叫醒时，被南山拦住了。

南山放轻脚步领着秀一出门，两人在院子的空地上抓了些雪，团了个小雪球，南山又坏笑着带回二楼，把雪团放在秀一手里，挺大一个人倒更像是顽皮的孩子。

秀一心领神会，轻轻走到桐衫身边，小心地把小雪球放到她的脖颈上，又立刻拿开。

桐衫做了个美梦，梦里有一朵海棠花随风摇曳，她看着不知怎么就联想起杨斐脸上的梨窝……愣怔间，一下子被冻醒，她打了个激灵，猛地坐起来，睁开眼睛，迷茫地看向四周，问：“我在哪儿？”

惹来一阵笑声。

南山恶作剧得逞，笑着走到她身边，蹲下身，放软了语气：“在家呢。桐衫，我下午就走了，陪我出去逛逛吧。”

多亏许竹延的人脉地位，南山该接触的人都接触到了，他前期准备充分，生意谈得也还算顺利，接下来他赶着要回国做下一步筹备，回国后的战斗肯定比在日本激烈困难很多。

而桐衫既然短期没有回国的意思，两人再见面就又不知道是几时了。

闻言，桐衫睁开眼睛，好不容易培养的睡意也都散了：“好啊。”

桐衫没怎么打扮，洗了脸，套了件最厚的外套就出门了。

院子里的雪地白茫茫一片，打开门，冷风入室，温度一下子降了下来。

好在市区饭店里的空调都开得很足，对于吃货来说，所谓逛街，无非就是搜寻哪儿的饭店东西更好吃而已。

南山和桐衫辗转了几家店，吃了好几个小时的美食，终于积攒了足够抗寒的能量，分别的时刻也到来了。

桐衫最不擅长与人分别，因为不喜欢分别时的感情撕扯，她的离开向来悄无声息。

临上飞机前，她目光看向别处，装作满不在乎地从背包里拿出一个袋子放到南山手里。

“这是？”

打开袋子，是一件衣服和他那天给许竹延的合同。

“很明显呀，是本大师亲自给你做的‘战袍’，你不是不喜欢雨吗，我特意找的防水料子，按照你骚包的个性给你定做的英伦风风衣，也不知道好不好用。”她挠挠头，不再盯着脚尖，认真叮嘱他，“那份合同，没人签字，你把它撕了吧，要打倒你叔叔不是容易的事，钱花在必要的地方。”

南山低头看着她，若有所思。桐衫对金钱有着与生俱来的痴迷，这次她本可以趁机捞一笔的，他确实没想到她会把合同还回来。

候机室落地窗外的阳光打在桐衫身上，温度提升不少，她脸上的细绒毛在阳光下绒绒的暖暖的。

南山不语，只认真地盯着她，桐衫被盯得有些不好意思了，弯了眼睛踮脚，像长辈一样拍了拍他的肩膀：“要加油啊。”

一直到南山的飞机起飞，桐衫也没告诉他，那件“战袍”的胸前口袋里她放了一张金额令她肉疼很久的支票。

这场战争没有那么简单，桐衫知道，牵扯到的人和关系特别复杂，南山用钱的地方还很多，那张支票是桐衫作为同壕战友的支持，她不能参战，但是她十分渴望南山能取得胜利，连带着帮她将她奶奶那一份仇恨一起报了。

每个人都有每个人的战场，南山是因为叔叔和爸爸而怕了下雨，她呢？是不是因为奶奶就再也不见杨斐？

不知道是不是没有了南山在她旁边扯东扯西的缘故，从机场回去的街道一下子变得寂寥起来，景色也寡淡了许多。

她一个人从街头逛到街尾，打算乘坐电车离开时，被一家小店的橱窗吸引了目光。

玻璃橱窗最显眼的位置挂着一把很特别的木吉他。

木吉他在造型上的差异不会很大，这把吉他的特别之处在于它的面板，那是一种极其昂贵的含金阴沉木。

阴沉木是地震洪水等自然因素将地上植物全部埋入古河床低洼处，在缺氧高压等状态下，经过数万年形成的稀有木料。其中含金阴沉木更是少之又少，它被用来制作吉他面板，在经过细致的抛光打磨后，吉他表面会呈现一种特殊的金属光泽。

印象里，桐衫上一次见这种材料还是在高中，她被一个旧琴行的老板招去看店，翻乐谱时翻到一张阴沉木的照片。

她自然不会错过观察实物的机会，返身拉开店门，走进去弯腰，近距离观察它，内心激动，用日语问道：“请问，这把吉他价格多少？”

这把吉他价格不菲，店家听到有人问价，应该也会热情回答，预想中的事却没有发生，桐衫皱眉，转过头时看到一张熟悉的脸。

四五十岁的大叔头发还是长到需要扎起来，小眼睛上戴着一副金属镜框，看起来多了几分艺术气息，胡子发白，看清桐衫的脸，夸张地张大嘴巴："是桐衫吗？！"

桐衫辨认半晌，也很惊讶："老板？！"

桐衫以前总是受到桃子的吐槽，说她多不靠谱，她看着眼前的大叔，觉得自己的不靠谱，多半承袭于他。

大叔五年前还没有这两撇胡子，看着还年轻，喜欢音乐，辞了工作，开了家琴行，可经营不善，大多时间用在了和朋友的乐队练习以及练习后的喝酒撸串上了。

当然，正因为如此，桐衫才会得到那份工作。

老板许久不见桐衫，很是亲热，把她让到座椅里，第一个关心的问题是："对了，后来你和那个你暗恋的小男生怎么样了？"

桐衫还没从他乡遇故知这种情绪里抽身，被老板这么一问，有点想翻白眼。

她自然知道老板口中的小男生是谁，还能有谁，她这小半生喜欢的不过那么一个人而已。

她只得摊手，道："分了。"

本以为他乡遇故知，不安慰两句也会叹息一声以示惋惜，果然她的老板不是正常人，听到分手竟然笑了，厚实的手掌差点把她拍吐血，语气里带着骄傲："不错呀，大妹子。"

……

大概是老板看过她以前的㞞包样，得知她和喜欢的人在一起过，就觉得她有很大的进步了。

她第一次见老板时才高一，放学之后帮奶奶把做好的手工送去工厂，回来的路上恰好遇到了杨斐。看他进了琴行，就躲在不远处的梧桐树下，等他走了，桐衫也偷偷跟进琴行，看到门口的招聘信息，招聘广告贴了许久都发黄了，估计是待遇太低的缘故。

她问老板杨斐是不是经常过来，老板回复她偶尔，她当即像古代揭皇榜一样兴奋地揭下招聘广告。

其实也没什么大不了的理由，不过是为了制造一个偶遇，一个相处的机会，或许下次他再好奇往店里看那么一会儿的时候，能看到她。

气馁的是，在那之后很长一段时间，杨斐都没再来过琴行。

就在桐衫等得快放弃，徘徊在店门口准备向老板辞职时，却在推门那一刹那听到了里屋传来的钢琴声，是杨斐，她听琴音就能辨认得出。

老板欣喜地搓着手告诉她，店里危机解除，杨斐交了一大笔钱租借这里每天来练琴。

桐衫那时觉得这就是命运的安排，是老天支持她喜欢杨斐的证明。

在琴行待得久了，就总可以听到杨斐的琴声，渐渐地她对乐器产生了好奇。

经过老板同意后，她拿起店里最便宜的木吉他，从角落里翻了些乐谱，也就是在那时她看到了那张含金阴沉木吉他的照片。

她难得敢和他对视，献宝一样傻兮兮地把照片举在胸口，问练琴后休息的杨斐："你看，这里面像不像藏了无数颗发亮的星星？"

学乐器真的很难，没几天她指尖就磨出了水泡，可又不得不感慨，能弹出简单曲调后的满足感。

她弹得累了，抱着吉他不小心睡着。等她醒来时已经天黑了，看了看时间已经晚上八点。

还好没出什么事，老板还野在外面没回来，里屋也安静，杨斐早就走了，桐衫清点了物品，准备关门打烊，等清点完再转回来，把吉他放回去时，发现乐谱有被动过了的痕迹。

曲谱上错误的音被修改，还细心地写上了弹奏的技巧窍门。

那晚，桐衫反身拉上卷帘门，好心情地抬起头看向夜空。

夜色如墨，没有皎洁的月光，星星点缀其间，有点像阴沉木上的光芒。

之前杨斐看到照片之后是怎么回答她的？

好像意外她会搭话，先是一愣，又立刻笑开，看着她的眼睛里像是藏了星星，点头说："嗯，真的很漂亮。"

……

现在已在发福路上狂奔的老板摸了摸两撇小胡子，很得意地跟桐衫介绍起自己现在的事业。

当年A市的琴行倒闭后，老板意识到做生意并不适合自己，他喜欢音乐，又会一些木工，就去拜师学习了制琴。学成后辗转世界各地搜集木料，再做成吉他卖，这么多年倒也成了名气不小的制琴师。

桐衫内心还是很为他高兴的。

老板话锋一转，给桐衫添了杯茶："我当时就觉得你们不会一直在一起，你们性格相差那么大。虽然你为他到我这儿打工，他又那么喜欢你，但是年轻时候的喜欢，有几个长远的呢？"

桐衫一口茶卡在喉咙口，被老板的话弄糊涂了："你刚刚说什么？"

老板回想了一秒，复述道："你们不会一直在一起？"

"下一句。"

"你为他到我这儿打工？"

桐衫等不及，直接问："你怎么会觉得杨斐那时喜欢我？"

老板不明白桐衫为什么会纠结在这个点上："是他自己和我说

的呀。”

在桐衫的旁敲侧击下，老板艰难地回忆了一下当年的情况——

当时琴行入不敷出，老板坐在店里正犹豫着要不要辞掉桐衫，正巧杨斐推开店门，他想这男孩总来练琴，看穿戴也不像穷人，如果能把钢琴推销给他，说不定还能顶一阵，也暂时不用辞退桐衫。可惜，杨斐说他家里有钢琴，并不需要购买。

老板的心沉到谷底，不断叹气说那就只能辞工关门了。杨斐却在这时候提出他买下这架钢琴但是老板必须单独给他准备一间练琴室，他每天都会到这里来练琴。

老板最后的总结是——“如果他不是喜欢你，总不至于是喜欢我吧？”

“对了。”老板像是突然想到什么，从手机里找出一个订单，“你刚刚说那男孩叫杨斐是吗？你看是不是这两个字？”

年前老板刚在南非找到木料，就有人打电话来购买，木料价格不菲，那人也没有犹豫，现在老板刚制成，不久就会邮寄出去。

桐衫把手机拿到手里，订单上的时间，是在白安安婚礼上他们重逢那天。

末尾的签字是杨斐，地址是桐衫的工作室。

杨斐从一开始并不是去抢婚的，他是为了桐衫。

他是为了桐衫才中途终止巡演，赶回 A 市，还在那天为她定制了多年前她提过的吉他，只因为她眼里流露出的喜欢。

桐衫一直以为那场暗恋只是自己的一厢情愿，却不知那么多年前就已结下情缘。

与同情愧疚无关，他一直是喜欢自己的。

他是喜欢自己的，在那么多年以前——这是桐衫到现在仍然不敢相信的。

ZHUIXING

第二十五章
追　星

夜里，桐衫做了一个梦，梦到了奶奶。

梦里奶奶还是那样温柔慈祥，身上带着很淡很淡的松香味，梦里的桐衫是高中的年纪，她枕着奶奶的腿躺着，奶奶低头耐心地给她讲有趣的故事。

桐衫遥望星空，想起劳伦斯·M·克劳斯说过的一句话：“你身体里的每一个原子都来自一颗爆炸了的恒星。形成你左手的原子可能和形成你右手的来自不同恒星，这是我听过的关于物理的最有诗意的事情：你们都是星辰。”

桐衫泄气地把头埋在奶奶怀里：“奶奶，阿桐喜欢的那个人，也是一颗发光的星辰，可阿桐这样暗淡，只是一块不起眼的石头。”

奶奶轻抚她的头发，安慰她：“那，阿桐也成为一颗星星吧，你努力走到他身边，有了光亮，这样他就能看到你了。”

“要是看不到呢？把自己磨砺到能发出光芒一定很疼很疼，要是这么辛苦他还是看不到呢？”

她急切地央着奶奶，一定要求个结果。

奶奶也不生气，也看向星空，温柔回答：“没关系，即使那样，你也收获了光。”

醒来后，桐衫抱着抱枕，眼前的电脑屏幕快被桐衫盯穿一个窟窿。

再过三天，也就是12月25日圣诞节，杨斐会在日本举行独奏会，给全球巡演画上一个完美的句号。

门票在几个月前就售空了，桐衫想在网上找找别人转让的票，找了好久，还是一无所获，绝望地把自己埋在抱枕里。

“阿桐，吃饭了。”师父在一楼喊她，随声音一起传来的是诱人的饭香味。

桐衫合上电脑，放弃思考。

师父做了日式火锅，锅里正咕嘟咕嘟冒着热气，冬日里吃这个再好不过。

他们三个人围在小桌前，气氛很温馨，自从那次意外的求婚之后桐衫始终觉得尴尬，还想着要不要搬出去住。可是看着师父像没事人一样对她，她就开不了这个口，好像说出来就变成了她想得太多，好像那次求婚只是她自己的幻觉。

这些天她和秀一处得很好，也许是因为失去过家人，这个可怜的孩子不太会像同龄儿童那样撒娇耍赖，多了些细致敏感，桐衫很努力地陪他玩，给他买好吃的，给他讲睡前故事，渐渐地，才让他对自己产生了一点依赖。

秀一小胳膊小手经常夹不到菜，撇着嘴差点急得哭出来，桐衫就挑了些他能吃的，放进他专用的小碗里。

他对着桐衫甜甜地笑，然后埋头把菜大口大口吃掉，专注又可爱。

饭毕，桐衫先把秀一带去休息室哄睡，再转身回厨房把碗筷放到蓄水池准备洗碗。

许竹延穿着和服，还端坐在小桌旁没离开，冷不丁开口问她："你是不是很喜欢杨斐？"

桐衫被问得措手不及，差点失手把碟子掉在地上。她记得自己从来没和许竹延说过杨斐的事。

"哎？"

他背对着桐衫，像是没察觉她的慌乱，说：“以前我就总见你把报纸上关于他的文章剪下来收藏，想来是很喜欢的吧？”

原来许竹延一直以为她在追星。

桐衫把头低下来，看不清表情，洗洁精的泡泡沾在手上，她默默承认道：“嗯，喜欢的。”

身后沉默了许久，然后许竹延探身从公文包里拿出一张桐衫找了好久都没找到的音乐会门票。

桐衫转身看到了，又惊又喜地问道：“你怎么有这个？我找了好久都没找到。”

“几个月前看到在热卖，想到你喜欢就买了下来。你现在回来了，正好可以去看。”

“桐衫，我一直很努力在争取成为你的爱人，却也不想失去你这个家人。”许竹延手抵着门票，把它推到木制小桌边缘，回头，朝她温柔地笑，“现在，去找他吧。”

他其实什么都知道的吧？

三天转眼就过去了。

圣诞节那天气温陡降，天空中洋洋洒洒竟然飘起鹅毛大雪。桐衫在房间里对着试衣镜挑了一上午的衣服，红色妖艳、墨色老成……

摇头摇头，设计师的衣柜里竟然没有能穿的衣服了？

时间一分一秒流逝，最后她选了件露肩设计的黑裙子，款式大方得体，又可以凸显她好看的锁骨，不会显得过于刻意，也不会失礼。

是女生要见喜欢的人时才有的小“心机”。

她从行李箱里拿出一个首饰盒子，从里面挑出杨斐送给她的琥珀项链。

当初嘴上说着要断得一干二净，却又在临走时把它放进行李箱，终归是舍不得。

她套了一件黑色厚外套御寒，下楼时看到秀一在一楼玩着风筝。

正玩得兴高采烈的秀一抬头见桐衫穿衣服要走，小短腿迈着碎步跑进房间又跑出来，给桐衫递了条厚围巾。

有一个小孩子好像也是不错的事情，桐衫忽然有了这样的想法。

她笑着蹲下身，温柔地摸了摸秀一细软的头发。

“姐姐要暖暖的，人变冷的话，会像妈妈一样死掉，”说到这儿，小娃娃情绪忽然激动起来，紧紧抱住了她，眼泪说来就来，“姐姐，你会不会像妈妈一样不要秀一了？”

桐衫把围巾缠好，拿起手绢给秀一擦了眼泪。

“不会，姐姐很快就会回来，你看姐姐戴好围巾了。”

说着，桐衫指着外面纷飞的大雪，许下承诺：“到时候姐姐带秀一去堆雪人，各种各样的，到时候，我们给它们都戴上围巾好不好？”

小秀一听到堆雪人，主动挣开桐衫的怀抱，眼眸一亮，拍手高兴地跳脚：“好哇好哇。”

五颜六色的霓虹灯照着喧闹的街道，到处都放着圣诞歌，沿街的店铺里也摆了或大或小的圣诞树，小彩灯绕了一圈又一圈。

白雪、绿树、黄灯，桐衫坐在出租车上看着满是色彩的风景入了迷。

整个世界都在欢庆，而她，此刻也用同样的心情赴一场别后的约会。

她脑袋里一直在想着如果遇到杨斐她应该说些什么，可是想了许久都没有头绪。

她第一次有这样复杂的心情，无措又充满期待。

音乐厅前已经排了长龙，人们规规矩矩地排着队准备入场。桐衫匆匆下车，出租车开走一会儿了，才发现自己的手提包落在了出租车上。

其他都不重要，但是……门票也在包里。

本来就没想好说什么，这下干脆连面都见不到了。

观众都已陆续入场，音乐厅门口逐渐安静下来，桐衫自暴自弃地蹲坐在音乐厅前的台阶上，暗自懊恼。

台阶有七级，门前的柱子有四根，无聊的时候她看着周围打发时间，迫不得已，开始数天上的星星。

不知过了多久，依稀听见音乐声渐渐响起，观众热烈的掌声也如潮水一般涌向桐衫的耳朵里。桐衫只能放弃了，认定今晚可能要在外面听完独奏会了。

一个穿着侍者衣服的年轻男生走过来，学着她的样子坐下，用日语问她："你是没买到票吗？"

"弄丢了。"桐衫裹紧黑外套，如实回答。外面天气很冷，夜风不住地吹，她禁不住打了个哆嗦。

侍者点头，看桐衫坐在这儿不住发抖却死活不肯离开，小声邀请她："那你要不要跟我偷溜进去？"

桐衫立刻来了精神，眼睛冒光："可以吗？"

"没关系的，今天例外，先生说今天外面冷，如果门口有人就让我带进来。"

"那位先生人真好。"她夸赞着，拍拍屁股，准备起身入场。

侍者也点点头起身，在前面带路进场，突然想起什么，回头问她："对了你姓什么？杨斐先生吩咐过，如果遇到一位桐小姐，要带到前面的位置。”

……

音乐厅的灯光是暖黄色的，打在人身上，看上去就暖融融的。

他们走到观众席后面，桐衫跟侍者打了声招呼，说自己站在这里听就好了。

侍者点点头，一边抱怨着一边离开：“那我也要去忙了，最近有一批建材到了要运过来，今天轮到我搬。”

桐衫向他道了谢，找了个不起眼的位置躲起来，往下望去，隔着无数个黑色的脑袋，她一眼就看到杨斐。

杨斐此刻穿着白色燕尾服，脊背挺直，纤长的手指搁置在白色琴键上。

手下的黑白钢琴键，亦是他心中的黑白。

桐衫是第一次到现场听杨斐的独奏会，音乐响起的时候她才注意到，在这个观众大多是日本人的独奏会上，他坚持演奏了很多曲中国古典音乐：广东器乐曲改编的《平湖秋月》、琵琶曲改编的《夕阳箫鼓》……那么多熟悉的曲调，此刻经由他手下的钢琴，在这片异域土地奏响。

桐衫仿佛看到了诗情画意的江南夜景，小舟荡漾在江面上，两岸层峦叠嶂。

她想和他一起回到那个地方。

热烈的掌声如潮水般涌来，暖黄色的灯光一盏盏次第熄灭，最后一首钢琴曲是杨斐的新作。

几个月前，他去 C 市就是为了录制这首钢琴曲的唱片。

整个音乐厅内一片黑暗，只有台上一束追光如清透的月光洒在杨斐身上，将他整个人笼罩其中。他抬手，音乐从他指尖缓缓流淌。

桐衫听说，这世界上有一种叫作联觉症的疾病，有这种病的人五感是相通的，你听到声音，口腔会产生味道，眼前就会出现画面。

桐衫没有这种病，也许是想象力丰富，也许是杨斐的琴声于她就有这种魔力。

但是她此刻突然就体会到了这种感觉，随着琴音响起，仿佛有波涛汹涌的海水自杨斐的黑色钢琴里流出，越过一排排观众席涌向桐衫，逐渐填满整个大厅。

抬头，天花板似乎变成黑色夜空，夜空中缀满了点点繁星。

曲调温柔婉转。

一曲终了，海水褪去，掌声再次响起。

这首宁静中酝酿着磅礴的曲子，被命名为《繁星》。

演奏结束时，桐衫静静地擦去不知道何时涌出眼眶的泪水，慢慢起身，一回头，吓了一大跳——斯派克不知何时走到她的身边。

斯派克还是老样子，肚子圆圆的，白胡子翘在上唇两侧像要飞起来，可是他现在看起来却没有了第一次见面时的和蔼可亲。他看桐衫的表情严肃，语气带着斥责问她："你来这儿做什么？"

他说桐衫你怎么这么狠心，说走就走了呢？

他说你知不知道杨斐疯了一样找你找了好久？

他说你知不知道你走后杨斐生了一场大病，差点要终止巡演，跟公司解约？

一声声质问如一把把匕首一刀刀刺进桐衫的心里，她差点就要站不住脚。

桐衫愣在那里，把头埋得很低，缓缓摇头。

她不知道，她什么都不知道。

她把他当信仰，一直追逐他，靠近他，爱他，最后却在转身处害了他。

ANYE

第二十六章
暗 夜

桐衫伤心欲绝，斯派克站在一旁看到她的表情似乎很满意，拍了拍她的肩膀，叹了口气，道：“你跟我走吧。”

音乐会结束后，杨斐还需要接受记者采访，一时半会儿脱不开身，斯派克把桐衫带到休息室，看她仍然郁郁寡欢的样子，十分贴心地帮她关上了门。

终于只有她一个人了，桐衫眼眶里的泪珠一滴一滴滑过脸颊，她自责得厉害，她那么喜欢那个人，恨不得把所有的快乐都给他，可最后造成他不幸的却偏偏就是自己。

斯派克腆着肚子折返回来，把桐衫拉起来，带到沙发前，下一秒笑得胡子都快翘起来了："好了，你知道自己曾做错了什么就可以了。我说的这一切你当然什么都不知道，因为杨斐好好的呢，你听他演奏时看他像是生过病的样子吗？刚刚那些都是我瞎编的。"

桐衫吸了吸鼻子，听到斯派克这么说，惊异地抬头："啊？"

"哼！这算是对你的惩罚吧，我敢说如果他知道你离开，上述的事情都会发生。好在，他不知道。"

桐衫更加纳闷，不知道斯派克说的是什么意思。

她都已经离家出走了，分手短信也已经发出好多天，杨斐怎么可能不知道?

"多亏我机智呀，在C市录新曲子的时候我在他身边，他凑巧离开，白安安打电话来是我接的。她说和你闹情绪了怕你做什么傻事，要杨斐看着你一点。我拿着杨斐的手机订了最早一班飞机回A市，下飞机就收到你发来的分手短信，我把它悄悄删掉了。去你的工作室只有你的员工在，了解到你去日本不是想不开，我也就没把真相告诉杨斐，而是告诉他你来日本游玩，音乐会那天你就会出现了。"斯派克笑了，眯着眼睛，嘴角向上，像只老奸巨猾的狐狸，"我在赌，你终归还是放不下他。可是我实在不明白，既然你们对彼此都那么重要又何必分手呢？"

桐衫觉得自己像是离家出走却没被家长发现的倒霉孩子，没了报复的快感，也逃过了家长的惩罚，不知道该高兴还是难过。

应该是庆幸多一些，正如现在有了长舒一口气的感觉。

离杨斐回来还有很长一段时间，斯派克也有别的事要忙，他走后，桐衫环顾休息室，大块的化妆镜、米色窗帘、黑色真皮沙发，服装被整齐摆放成两排，唯一突兀的是第二排最前面那件粉色的蓬蓬裙。

太小太粉嫩，桐衫觉得它很眼熟，总觉得在哪儿见过，一时又想不起来。

她走近些，鬼使神差地蹲下身，钻到裙子里，想要细看下针脚。

就在这时，门被打开，刚刚把她带进音乐厅的侍者端着一杯清水走了进来，桐衫立刻意识到自己现在的不雅举动，下意识地站直，试图把自己藏起来。

事实上，三分钟前她明明有很多选择的，可以把裙子从衣架上拿下来再看，或者站着把它翻开，哪怕蹲着把它翻开不把头伸进去，也不会被当成变态。

然而此刻她偏偏选了最尴尬的一种方式，不仅把头伸进去，还试图躲在一件儿童服装里藏起来。

她羞耻得想哭，心里默念，不要被发现。

此刻魔法成为她维护自尊的最后一根救命稻草。

“你怎么在这？”侍者看到桐衫也是一愣，放下水杯，赶紧把桐衫往门外拉，一边拉着她走一边一本正经地告诉她，“不行的，这里是贵宾室，一会儿会来人的，你看刚刚一个外国老头还让我准备水待客呢。快走，我带你去安全的地方。”

最后桐衫被带到这间放建材的房间却是哭笑不得，她想告诉侍者自己是在休息室等人，他端来的那杯水也是那个外国老头让他给自己的。可是侍者对这件事态度很严肃，不等她解释就要拉她走，她好不容易，才要来纸笔，走之前在上面留下了建材室的房间号，让杨斐去那儿找自己。

那间屋子真的放了很多建材，铁架木板一大堆，只有屋子角落有一小块空地。

建材室没有空调，很冷，侍者不知从哪里找来一床旧被子，还给桐衫找了张沾满了灰尘的椅子，擦了擦，让桐衫坐，然后急促而认真地对她说：“我可以偷偷帮你瞒着，但你只能住到今晚，明天还会有一部分建材到，你就得走了，知道吗？”

这是把她当成无家可归的流浪汉了？桐衫能感到他是在关心自己，却也对自己给男生留下这样的印象哭笑不得。

不知道如果她反驳说自己在等今晚演奏的杨斐，他会不会直接把她当神经病。

她只得点头，乖巧地说好，想着等会儿自己再摸回去找杨斐好了。

侍者匆匆离开了，这里冷极了，桐衫不愿钻进旧被子里取暖，只得一边搓着胳膊一边跳脚，她想着在这里玩会儿手机，时间很快就会过去，没承想，一打开手机界面竟然没有信号。

时间很晚了，她想打电话回家报个平安都不行。

桐衫在狭小的角落，把各种拿手机的姿势都试了一圈，还是一格信号都没有。

就在她快要放弃的时候，只觉得一阵天旋地转忽然袭来，她一时间闹不清楚是自己冷晕了还是房子在震动，她从椅子上跌落下来，脑海里想到两个字：地震。

好运气和坏运气总是交织在一起。

几年前，她在这辈子最穷困的时候遇到了这辈子最喜欢的人，在她为遇到喜欢的人暗自欣喜时，最疼她的奶奶去世，无家可归之后，又被许竹延带到日本。

现在，在她马上就要看到杨斐要和他坦白一切，老天却跟她开了一个致命的玩笑。

真的地震了。

按理说日本是经常地震的，她在日本的这几年也遇到过一些，但她大多生活在人烟稀少的地方，震感小。这次不仅在室内，周围还堆满了危险的金属建材，被哪一个戳到或者砸到都足以致命。

快跑！

不用思考，身体比意识更快行动，可是地震给她的逃跑时间也不多。

几秒钟的时间，桐衫已经迅速跑到门口。

差一点，差一点就可以把房门打开，就在离门口一两步的地方，堆得高高的建材被摇晃得轰然倒塌……

完蛋了！那一瞬间桐衫脑海里冲出来的就是这几个字。

就在建材从高空坠落往她身上砸来的一瞬间，门忽然被人拉开，来人一个旋转之后，桐衫就被揽进一个温暖的怀抱里，来人跪在她身前，用后背顶着建材给她支撑一个可以保命的小空间。

钢铁和木板，一下子砸在他们的身上。

杨斐把她紧紧抱在怀里，承受了所有的重量。

……

“杨斐！你没事吧？受伤了吗？让我看看。”桐衫的呼吸凌乱，声音带着浓重的哭腔。

屋子里建材散落一地，轻微的摇晃还在持续。电线线路被破坏，顶灯也熄灭了，桐衫看不到杨斐的脸，但这样的气息，味道都是她再熟悉不过的了。

“我没事。”

杨斐声音有些沙哑，气息喷在桐衫脸上，他的手指碰到她的脸，指尖一顿：“你怎么，哭了？”

她哭不哭哪里是什么要紧的事？刚刚那一瞬间她差点以为杨斐要死了。

听说遇到生死的那一刻什么都会看开，会想起生命中最重要的一个景象。桐衫以前一直以为自己会想着存折上的存款，为自己没把钱花光而含恨九泉。

直到真正处于生死一线的时刻，她才知道不是，她在后悔，后悔自己任性来日本，以至于临死也不能见他一面。

她想起休息室的那件蓬蓬裙，那是她十几岁的时候缝制的，她想起她给一个小男孩穿上它，杨斐就是那个小男孩。

“噗。”桐衫擦去眼泪，知道自己不该笑的，“杨斐，我都不知道，原来我们那么早就认识了。”

桐衫看不到杨斐的表情，只知道他把自己抱住了，抱得很紧，紧到透不过气。

“傻瓜，你不知道的事还多着呢。”

建材室又暗又冷，他们抱得很紧但仍然能感觉到体温在逐渐流失。

接下来又发生了数次余震，门被掉落下来的建材死死堵住。桐衫不知道外面怎么样了，大概也很慌乱，知道他们在这儿的人不多，手机又没信号，也不知道能不能支撑到救援。

“我们会活着吧？”她突然不确定起来。

“会的。”杨斐回答她，语气坚定。

杨斐向来话不多，为了给她缓解心情，会断断续续地跟她聊天。

“第一次见你时就让我穿裙子，那个广告是我一辈子的耻辱啊，我出国前还特意去把底片买下来全部销毁了。”

“高中第一次见面你没认出来我，当时我是有些失落的，想着将来一定要在你的心里留下深刻印象才行。”

“开学典礼的服装其实我最想要汤姆猫那件，因为你穿的是老鼠。”

“我家里是有钢琴的，去琴行练琴是因为你。”

“那时我想那个女孩怎么那么傻呀，我做得这么明显也不明白。可我，偏偏就喜欢这样的傻瓜。”

“你去日本之前我本打算和父亲断绝关系，然后带你出国。”

“真对不起，我不是故意的，让你遭遇不幸我很抱歉，明明我是那个最想让你幸福的人。”

这每一句都像是一个表白，桐衫还来不及感觉甜蜜，就感觉到杨斐说话的气息越来越弱。她立刻意识到不对，松开杨斐拉她的手执意用手一点点探寻着杨斐的身体，随后倒抽一口凉气，她在他后背摸到一根钢管，那根钢管已经插进他身体里，后背的衣服被血浸湿了，他的身体在逐渐变冷……

“我没事的，你不要担心。”杨斐努力让自己的声音听上去正常一点，但是桐衫明显能感觉到他浑身肌肉紧绷。

“杨斐，你别说了。”她心如刀割，只恨自己不能化身大力士，将堵住门的东西搬开，展开翅膀送杨斐立刻去医院……她泣不成声，努力伸手去捂着他的嘴，想让他留些力气。她的手被杨斐抓住十指紧扣，他的手掌还是一如既往的宽大，却失去了以往的温度。

“一个月前你离开，斯派克想瞒着我，其实我是知道的，我找桃子要了许竹延的电话，他说你过得很好，他说他向你求婚了。”

他都知道的。

“桐衫，我希望你过得好。”

“桐衫，我爱你。”

“桐衫，忘了我吧。”

……

BAN

第二十七章
绊

震后七日的夜里，当地人为地震中的遇难者举行了祈祷仪式。

广场内人很多，人们制作了很多盏纸灯，用特大号毛笔蘸上黑色墨水在纸灯上写了一个大大的绊字，一一点燃，放飞。

日语中的绊，指纽带、牵挂，人与人之间的缘分。

桃子挤在人群中，在避风处也点了一盏，匆匆祈愿，走到风口手一松，那盏写着绊字的纸灯也就随风飘远。

……

在事发后，桃子在A市看到电视转播日本发生地震的消息，立刻给桐衫打了电话，无人接听，她立刻用桐衫留下的钱买了机票赶来日本。

医院里，人潮拥挤。

到处都是绑着纱布的病患，几岁到几十岁的无一幸免，从她左手边推进来的大爷，不久就被宣布失去了生命体征。桃子急切地寻找着她熟悉的面孔，第一个见到的是躺在医院满身是血的杨斐。

人与人之间的缘分是很深还是很浅呢?

那盏绊字纸灯没给她答案。

桃子在超市买了新鲜蔬菜，顺着她之前踩平了的雪地，走到许竹延家门口。

天气已经没有那么冷了，森林里的雪还没有完全消融。半个月前她还从没来过这儿，可此刻望着眼前的皑皑白雪，却总觉得以前这里应该不是这样的，如果桐衫在，那雪地上一定会被堆上无数形状不一的雪人，不会像现在这样冷清。

她熟练地拿出钥匙，准备去许竹延家做粥和简单的家务。

听到门口有声响，小秀一兴奋地从玩具室跑过来，地板上顿时响起一阵急乱的脚步声。到了玄关，见是桃子，秀一嘟起的嘴立刻撇了下去：“这么多天了，桐衫姐姐还不回来呀？她答应我回来的，她是不是也和妈妈一样不要我了？”

大眼睛一眨一眨的，秀一越说越激动，豆大的泪珠眼见就要掉下来。

桃子拿出甜牛奶也哄不好，秀一小手抓着她的衣角，用了很大力气：“姐姐说过会回来的，就一定会回来的对不对？”

半个月前，音乐厅里的人们忙着逃命，没有人注意到，那个偏僻无人的小建材室还有人被困在那里。

顶灯掉下室内一片昏暗，满屋子的建材没有规律地交错穿插。角落里，杨斐以跪着的姿势，双手支撑墙壁，把桐衫保护在身下，而他已经陷入昏迷。

桐衫哭了太久眼睛肿胀得厉害，她打开电量不多的手机，依然没有信号。她持续不断地呼救，嗓子因为使用过度已经变得沙哑可怕。

时间一分一秒过去，余震数次袭来，杨斐支撑的这个空间也不知道还能维持多久，桐衫抱住他，能明显感受到他体温逐渐下降。

哭也无济于事，她擦干眼泪，告诉自己坚强点，得想办法让他们都活下来。

一定要都活下来。

建材室很冷，桐衫挣扎着在努力不触碰到杨斐身体的情况下把自己的厚外套脱下来，轻轻地从杨斐胸前往后裹上，让他尽量保持体温。

只剩下露肩黑裙子的她被冻得不由自主地哆嗦，她搓了搓手，环顾四周，棉被在她几米远的地方，得拿过来，不然失去外套的她，在这样的冬日里也活不了多久。

屋子黑暗又满是纵横交错的建材，她小心翼翼地从杨斐的身下钻出来，顺着建材的空隙爬行和翻跃，她必须竭力不碰到建材，那些零散搭着的钢管铁管一旦被触动，她担心他们很可能会面临再一次倒塌的风险。

好在她身形小，没有被卡住，回程时她紧紧地抱着被子，有点高兴。

马上，马上就要到杨斐身边了。

希望就在眼前，只要她再迈四步，她就可以把棉被给杨斐盖上，还可以撕下布条给他止血。

坚持，一点点，再走近一点点就好了。

可命运从来不是她说了算的……

纵使她非常努力，动作极其轻微，她并没有碰到建材，也不能保证余震会放过他们。

随着一阵头昏眼花的轻微摇晃，眼前的建材左右摇摆，向她袭来。

桐衫拼了命地躲闪，想赶往杨斐身边，可是下一秒她就被压在了建材之下，五脏六腑都挤成一团，眼前一黑。

建材缝隙中，一片灰尘弥漫，她努力睁眼看向杨斐的位置，只能勉强看到杨斐的手被压在了层层木板之下。

她弓起腰，拼尽最后一点力气往前够，可是指尖也仅仅只能碰到他的衣角，更不要提把那些木板掀开。

钢琴家最重要的是手，他还有很长的路要走，绝对绝对不能毁在这里。

挪动分毫都变得困难，桐衫绝望地哭出声来。

她忽然想起刚刚，他昏倒前，说他爱她，还让她忘了他。

傻瓜，他知不知道，他说出忘了的那一刻起，她就注定会记他一辈子。

不知过了多久，她好不容易抓住一块木板用尽全力顶开一块压在杨斐手上的板子，却因为腰部扭动碰到了纵横交错的建材……

一块块建材，再次哗啦啦一下子压在桐衫单薄的身体上，她再也没能起来。

杨斐不知昏睡了多少天，睁开眼后，入眼的是天花板和顶灯，满目都是刺眼的白色。

医院?

左边拉着隔帘，右手边是医院的木门。

他嘴巴张开，却哑着嗓子发不出声音。

门被拉开，来人看到他醒了，立即伸出一双纤细的手制止了他起身，拿起保温杯，迅速递来一杯温水。

是桐衫吗?

杨斐头很疼，看不清来人，喝下水有力气后急忙定睛去看那双手的主人，一下子泄了气，不是她。

“杨斐哥哥，你睡了半个月终于醒了！”桃子喜出望外，把医生说的话跟他交代，“你有三个受伤点：一个是刺穿身体的钢管，万幸的是它没刺中内脏，但导致你失血过多，这也是你昏迷的原因；第二个是头，现在可能会觉得疼，但都是正常现象；第三个是在右手，被木板压骨折，做了简单的手术，二次手术两个星期后进行，但是能不能恢复到原来的程度都还是未知数。”

一个钢琴家，伤到手骨就面临着可能失去演奏的机会，可杨斐却来不及顾及这些。

桃子自顾自地说：“你身上盖着棉衣，发现得还算及时，才保住一命，也是不幸中的万幸。”

棉衣？桐衫的棉衣？

杨斐情绪激动，拉住桃子的胳膊，哑着声音急切地问："桐衫呢？她把棉衣给了我她自己呢？"

他盯着桃子，迫切地需要一个肯定的答复。

桃子抿着嘴沉默下来。

杨斐穿着病号服，掀开被子想要起身，手撑起身体时，手腕处一阵刺痛。

桃子忙把他拉回原位，焦急地说："你别动，你的情况并不好，木板压到了你的手腕，时间太久，做了手术，能不能恢复到原来的程度，还得另说。"

杨斐抬起手腕，果然上面被缠了一圈又一圈的纱布。

他冷声道："桐衫呢？"

桃子低着头，坚持着不回答，拿起病床前的水壶，顾左右而言他："我去接水。"

她刚走到门口，握住门把手拉开门，就听到身后一声沉闷的响声——杨斐支着手臂挣扎着从床上起来，却因手脚无力一下子跌在地上……

杨斐的人生中少有这样失意的时刻，这时候的他看上去像个无助的孩子，他躺在地上仍不忘抬头问："我问你最后一次，桐衫是不是出事了? ”

……

“谁? 谁叫我? ”

下一秒，门被大敞开，映入眼帘的是一只裹着厚厚石膏的脚和两根拐杖，再往上看，来人脖子上也打着厚厚的石膏，一时间看不到脸。

“石膏怪”桐衫看杨斐醒了，惊讶极了，转身要走，话却脱口而出：“回见了您哪。”

可又因为不习惯用拐杖，半天也没转过去。

桃子单手拿着水壶，在门边“扑哧”一笑，拉住桐衫：“别躲啦，脸已经丢光啦！快进去吧，再不进去我杨斐哥哥以为你怎么了呢，差点殉情有没有？”

闻言，桐衫转身犹豫了一下，又一蹦跶一蹦跶，走到杨斐床边。

杨斐已经被桃子吃力地扶上了床，他正紧紧地盯着她，脸色一片铁青。

桐衫捂着有些发红的脸，解释道：“我能怎么着呀，生命力那么顽强，我可是比你还早醒来一个星期呢，就是倒霉了些，失去了如花美貌，全身都是石膏，裹得跟大白一样，没脸见人。”

桐衫早就醒了，还照顾了杨斐一段时间，可就是不希望杨斐在清醒的时候看到她这个蠢样。在她心里，恋人见面，怎么也应该把脖子上的石膏去掉，或者至少化个妆？

杨斐脸色稍缓，弯了弯嘴角，梨窝浮现。他看着桐衫，有种失而复得的欣喜，强忍着手腕的酸痛，大力把眼前的“大白”一下子拉到怀里：“好啊，除了我，你谁都可以不见。”

救了他们的是当时带桐衫进音乐厅的侍者，地震那天，是他第一个想起建材室有人。

慌乱中，侍者不顾自己瘸着脚，找到搜救人员，带他们去建材室。

就这样，桐衫两人被抬上担架，幸好抢救及时。

……

杨斐清醒后换药，需要褪去衣服。桐衫一脸绯红地捂着脸，假装没看到换药过程，拉着杨斐衣角，带着他向救命的侍者道了谢，并送上她准备好的谢礼。

侍者年纪不大，看到二人有些羞涩，迟迟说不出话。

桐衫向杨斐使眼色，意思是，你瞧本姑娘打着石膏都魅力无边！眼色使到一半，侍者开口了，一脸娇羞：“杨先生，您能送我一张您的签名照吗？”

……

在桃子的照料下，杨斐和桐衫都恢复得很快。

他们住的是一间双人病房，起先是方便桃子一起照顾，桐衫醒了之后也没觉得有什么不方便，可现在两人都醒了，就有些麻烦了。

杨斐上药和桐衫自己换衣服都成了难题，第一步，拉好中间的蓝色隔帘；第二步，关上灯以防在隔帘上透出剪影，拉条缝再合上，确认杨斐没有偷看，最后还是不放心，干脆钻进被子里。

杨斐在隔帘另一边，看着桐衫上演的滑稽戏，无可奈何地笑。

“阿桐，你这样太麻烦了。”

“不然呢？”怎么杨斐好像无比自在，只有她自己受干扰?

“不然我给你找个不麻烦的方法吧。”

房间昏暗，两人之间的距离也不过一米，桐衫在被子里听杨斐说话，只觉房间里弥漫着暧昧的情愫。

什么不麻烦的方法?在对方面前脱衣服?只有夫妻才可以吧!

他说这些莫非是想结婚?杨斐要向自己求婚吗?

脑子里闪过这样的想法，桐衫脸热了起来，越钻越深，有些缺氧。

她是答应呢，还是不答应呢?

杨斐看不到桐衫这边的情况，也没想到她有这样丰富的内心活动，手指着不远处的独立卫生间，告诉桐衫：“我都是在卫生间里换的。

不用拉窗帘，也不要关灯，效果很好。”

“……”

桐衫拿着睡衣走到卫生间前，有些恨恨地看了杨斐一眼，对他说：“谢谢你的建议。”

“啪”的一声，门被关上了。

杨斐：“……”

HUNLI

第二十八章
婚 礼

在医院休养的这段时间，他们就每天以这种小打小闹的模式相处，日子过得很快，也很自在。

两个星期后，杨斐做了手部的第二次手术。

医生晚上来例行检查，桐衫脖子上和脚上的石膏已经拆下来了，杨斐的手部昨天也拍了第二次片子，具体的恢复情况明天下午就能有结果。

这结果很重要，它决定了杨斐以后是否还能继续完成梦想，当一个闻名世界的钢琴家。

医生走后，房间里的气氛一下子微妙起来。

桐衫关上日光灯，把秀一来探病时买的星空灯打开，透过灯罩的点点漏洞，光线在天花板上投射出满天星星，随着灯罩的缓缓转动而斗转星移。

桐衫躺在病床上，一个翻身面向了杨斐，在流转的星空下，小心翼翼地跟他讨论未来，他们的未来。

“除了钢琴家，你还有什么其他想做的吗？”

他们之间相隔不到一米，小声说话都像在耳语。

“我从来没想过不弹钢琴，”杨斐枕着没受伤的胳膊，正对着天花板看繁星点点，目光深邃，“就像之前，我也从来没想过我的未来没有你。”

桐衫眨眨眼，这是被突然表白了？她不好意思地干咳一声，语气一下子温柔起来，手指向“星空”：“杨斐，你对于我来说，就是这样的存在。”她顿了顿，“遇到你之前，我觉得什么工作都好，只要能养活我和奶奶就行；遇到你之后，我渐渐找到了自己努力的方向，下定决心当一名设计师，也是因为想要追逐你的光芒，期盼有一天与你比肩。”

杨斐也伸手想去触碰那些“繁星”，自然什么也握不住，手摊开只留下空气里微凉的风。

“桐衫，我说我没想过我的未来没有你，可不是要你的未来一定要有我才行。”

他放下手，转过身，看向桐衫，目光认真。

“我从八岁开始弹钢琴，它于我是梦想也是束缚，是痛楚的来源也是远离痛楚的翅膀，它不会真正离开我，总会有别的形式去陪伴它。可是你呢？桐衫，没有钢琴的杨斐也许会失去让你追逐的光芒，你确定要喜欢那样的他吗？”

石头为了追逐星光终于也把自己缀在天上，如果星星陨落，石头又该怎么办呢？

第二天一早，杨斐睁开眼睛，习惯性地往左边的床位望去，没有看到预期中桐衫的笑脸。

床位空了。

前段时间每次他醒来，都会看到桐衫弯着眼睛看他，笑说自己会好好看住他的手，再也不会让它有机会受伤了。

桃子敲门进来，也不如往日一般活泼，他问她桐衫去了哪里，她又支支吾吾说不清楚。

杨斐一看就知道有问题。桃子表现得这样奇怪，多半是知道的。

“真的不知道？”他追问。

桃子放下煮好的粥，抿嘴，开口道："杨斐哥哥，你还是别问了。"

杨斐低头认真地去开保温盖，只当桐衫又闯了什么祸："怎么了，你尽管说。"

桃子吞了吞口水，低头不敢看他的眼睛，说："我怕你承受不住……都是老板的错。她……她决定今天在教堂举行婚礼。"

杨斐手上的杯盖应声滑落，滚到了房门边缘。

他手背上还插着针，拔掉时，营养液洒了一地。可是他的身体比意识先做出决定，箭一般冲向楼梯，因为长时间在病床上休息，下楼时他差点滑倒，失去理智后回神，意识到自己忘记了问桃子教堂的地点。

只得回身找桃子。

人生第一次如此慌乱。

医院外冰雪消融，已经有了万物复苏的迹象。

杨斐那么冷静的人，在公路上第一次急红了眼睛，他觉得时间过得异常缓慢。好不容易到了桃子说的地址附近，临走时他把钱包直接塞给了司机。

下车处是一片草地，草地旁是一条绸带般蔚蓝的小河，桃子说的教堂就在小河对岸。

他招手急忙唤来船家，到岸时才想起，刚才急得把钱包都给了出租车司机，这时候船家不肯放人，他只得拿起船上的小提琴，以一首曲子卖艺才得以赎身。

心酸又滑稽。

来到对岸，茵绿的草地上矗立着一座白色小教堂，教堂上的爬山虎抽了新芽，是桐衫最喜欢的样子。

临走前，桃子拉着他非要他换上西装皮鞋。

此刻，穿着黑西装的他有些慌乱地走到教堂门口，攥着手指，手心渗了汗。

白安安结婚时因为知道五年不见的桐衫在场，他心无旁骛一心只奔着她而去；而现在教堂里的新娘是桐衫，他不知道该如何推开这扇紧闭的门。

抢婚？

头脑里冒出这样的念头。

希望她得到最好的幸福，但更希望那个给她幸福的男人是他自己。

他咬咬牙一闭眼伸手推开门，带进了外面温暖的阳光和自己书写命运的勇气。

……

意外的是，教堂的一排排木椅上没有一个宾客，只有他爱的那个姑娘，阳光透过彩色花窗照进来，投到她的身上。

她穿着白色钩花拖尾婚纱，纤细的脖颈上戴着他送她的琥珀项链，手拿捧花站在十字架下。

“终于等到你了。”她笑着说。

她一直在等的是他呀，没有其他结婚对象，这是桐衫对杨斐的求婚。

她设了一个局，想用行动告诉他，会永远喜欢他。

这么多年，在她眼里，他的星光早已不是表象的吸引，而是一点一滴的体贴与对未来的坚持。

随着杨斐的缓步前行，教堂里放起了《卡农》。

如这首歌曲的意义一般，他们交叉前行，追逐缠绕，短暂分离，直到现在终于走到一起。

他脚下的黑皮鞋踩着木椅间的白瓷砖，和着鼓点，一步一步走到她身边。

在杨斐快走到桐衫身前时，她向前迈了一步，拿出藏在捧花里的对戒。

她恶作剧得逞似的吐了吐舌头，笑眼看他，牵起他的手一起朝向神圣的耶稣，语气带着郑重：“杨斐先生，你是否愿意接受我的求婚？无论未来是好的坏的，是艰难的还是安乐的，我都会陪你度过。就像我握住你的手一样，将我的生命交付于你，你愿意吗？”

杨斐深深地转头看她一眼，从门被打开，他就明白这是桐衫设的圈套，而他甘愿入局。

“我愿意。”

他伸出手，戒指穿过无名指，微凉的触感，正好是他的尺寸。

他拿起桐衫手中的女戒，有些笨拙生涩地回握住她，学着她的样子严肃认真地说：“桐衫女士，你是否愿意嫁给我做我的妻子，我生命中的伴侣和我唯一爱的人？无论未来迎接什么样的生活，我都会一直守护你。就像我回握住你的手一样，保护你，你愿意吗？”

“我愿意。”

杨斐反客为主拉她入怀，低头深深一吻。

天花板上瞬间飘下无数花瓣，轻轻柔柔地覆盖在这一对深情相拥的恋人身上。

在充斥着他干净清冽的气息里，桐衫悄悄睁眼，想象这漫天花雨幻化成点点星光，每一点星光，都是他眼里的宠溺和深情。

繁星满天，她终于追逐到了她的那颗。

——全文完——

QIANSHANNIAOFEIJUE

番外一
千 山 鸟 飞 绝

【一】竹屋

春天的山林里，万物都有了崭新模样，新草生长，小树抽了新芽，远处的山峰都笼罩了一层绿意。

竹屋常年都只有屋主一个人居住，只有周末的时候保姆阿姨会来打扫一下卫生，保姆阿姨是中国人，两年前来到日本，这个活不累，只要周末来一次，工资也合适。

屋主人叫许竹延，今天不在，大概又是去参加什么时装周。

阿姨不太懂时尚，只知道他今年三十有五，是位著名的设计师，人很温柔，事业上一直很成功，如果实在要找个缺点，就是总是一个人。

屋子里安静到有些冷清，空荡荡的，唯有窗口的风，带来远处林子里的虫声鸟鸣，这就是许竹延常年独居的生活环境。

保姆阿姨心疼他，总在活儿做完之后，给他做些他喜欢吃的天妇罗。

许竹延似乎很喜欢吃天妇罗，怎么吃也不会腻的样子，吃完还会盯着桌前的一幅字发呆，这么一待就是一整天。

今天阿姨照旧炸好天妇罗，放到小桌子上，摆好他的一双碗筷，抬眼时看到对面那幅字。

“千山鸟飞绝，万径人踪灭。孤舟蓑笠翁，独钓寒江雪。”

这样寂寥的意境，好像预示了许竹延的一生。

【二】物哀

父母离婚后，五岁的许竹延在自己的房间收拾行李，看着幼儿园老师教他制作的贺卡，上面用中文歪歪扭扭地写了爸爸和妈妈，中间画了一个大大的爱心。

他把贺卡撕成不规整的两半，把妈妈和爱心留下，顿了顿，犹豫着要不要在空白处写一句再见。

母亲是中国人，父亲是日本人，父亲到中国出差时与母亲相恋，定居。他从出生起就一直在 A 市生活，去过最远的地方是父母旅行带他去的附近的城镇，需要两个小时，完全想象不到，国家与国家之间相隔有多远，妈妈有没有时间去看他。

飞机降落到日本时，父亲把他的行李递给他，他拿着今后只能自己提的行李，第一次踏上这片陌生的土地。

那时正逢樱花盛开，街道两旁种满了樱花树，风一吹，樱花旋转飘落，像下起了粉红色的雨。

他从没见过樱花雨，一时贪玩，放下行李，开心地追逐花瓣。

抓到好多，小心翼翼地放在手心里，藏在口袋。

“爸爸你看，真漂亮，樱花会开多久呢？”他眨着眼，想有一天带妈妈来看。

父亲穿着黑色和服，向来严肃，看到樱花，眉眼难得柔和了，把手伸出来，一朵樱花落在掌心，大多落在地上，归于尘土，盛开的同时也在衰败。

他回答：“七天。”

“这么短呀？”许竹延低下头，有些失落。

“竹延，你要记住，美好的东西都是短暂的，只有对它的怀念才是永恒。”他声音清冷，手掌倾斜，樱花滑落在地，“衰败是美的必然结果。”说着，把行李交到许竹延手里，独自大步向前，黑色和服穿梭在花瓣间，木屐踩着落花，美好瞬间化成肮脏与泥泞。

许竹延呆呆地拿起行李，只听到父亲渐行渐远的声音。他说："你妈妈，再也不会来看你了。"

许竹延不信，在心里巴巴地盼了很多年，才不得不承认，她真的没来看过他。

【三】天妇罗

父亲还没找到工作，带他租住的是人很多、空间也很小的西式公寓。

公寓门口聚着一堆小孩在玩游戏，是住户的孩子，其中一个对他喊了句什么，他听不懂，拉着父亲的衣袖，低头仓皇地走了。

他自小在中国长大，父亲也很少教他日语，现在他来到这儿，看到那些长相相似、语言却完全不同的人，感觉十分陌生。

父亲找工作后一直很忙，心情也不好，对他也很差。

许竹延不会说日语，不能让父亲教，也不能和楼下的小孩交流，所以大多数时候，都是打开电视，猜测电视里的人在说什么。

他趴在小桌上，看到睡着也没能理解那些语句中的意思。

梦里，电视机里的人说的都是他听得懂的中文，妈妈在他身边给他讲故事，爸爸还会对他笑。

可醒来后又恢复了原样。

电视里说的还是他听不懂的语言，妈妈不在他身边，父亲也还是对他冷淡疏远，只有脸上的泪痕，与梦里相同。

他每天都过得差不多：白天父亲走后，他照常打开电视机，中午，踩着小凳子，烧热水，泡一碗泡面，再等父亲回来。

偶尔，打开窗户，流动的风掠过皮肤都会让他觉得新奇，楼下的那堆小孩还总是在那里玩，日子过得很慢也很磨人。

第一次真正与人交流是在八个月后，有一天，他坐在电视机前，忽然听到敲门声。

这种情况他大多不会理，等敲门的人知道家里没人，就会在父亲下班后来找他。

今天来敲门的人似乎异常执着。

他被吵得烦了，走到门口，突然有了不得不开门的理由，门外食物的香味浓烈，钻进了他的鼻子，而他已经饿得不得了。

她小心翼翼地把门拉开一条缝隙。

门口站着的是个和他差不多大的女孩，波波头，眼睛黑又亮，笑得很甜，穿得粉粉嫩嫩的，像极了街道两旁的樱花。

她手里拿着香气的来源：一盘金黄色的天妇罗。

许竹延盯着食物流着口水，女孩笑着和他打招呼:“こんにちは。”

他愣了一下，虽然对着电视练了八个月的日语，但现实中开口打招呼上还是显得艰难，舔了舔嘴唇，极小声地回应:“こんにちは。”

女孩介绍自己是和妈妈一起新搬进来的邻居，叫雪奈。

“你呢？”女孩问他，拿着天妇罗好奇地往门内张望，等着他邀请自己进门。

“许……许竹延。”

他有些不知所措，女孩把食物给他，他笨手笨脚地拿起，犹豫着大吃起来，很紧张，八个月来第一次和陌生人说话，差点不记得开口的感觉。

他甚至忘记了父亲告诉过他，要忘记他曾经姓许的事实，他的日本姓氏，叫青木。

【四】千山

在那之后，雪奈每天都会穿着粉粉嫩嫩的小裙子来敲他的房门，给他带好吃的天妇罗，还教他说日语。

许竹延来日本后，变得不是很喜欢和人亲近，只是对拿着天妇罗的雪奈没有厌恶感。日子久了，他也分不清是不厌恶天妇罗，还是不厌恶雪奈。

父亲工作不顺，喜欢喝酒，喝酒后就变得喜怒无常，有时抱着他，就哭出来，说自己是许竹延唯一的依靠了。抑或怎么看许竹延都不顺眼，觉得他来日本以后，变得不会笑，让他笑出来。

许竹延努力张开嘴，龇着牙，父亲却反手打了他一巴掌，说笑得真难看。

后来，许竹延学会了总是对别人温和地笑，即使自己不是真的开心。

小雪奈却对他的变化很欣喜，更喜欢黏着他，跟他说她的家里有什么新鲜事，父母又给她买了什么有趣的东西。他渐渐习惯了身边有一个天真烂漫的磨人精。

她的世界真美呀，和他的一点也不一样。

他不太懂和别人相处，偶尔被雪奈拉着过家家他也没拒绝，后来长大之后，做衣服的手艺就是在那时打下的基础。

雪奈看起来甜美温柔，可是手笨得厉害，给娃娃做衣服的时候总是把手弄伤，要不然就是做出来的衣服都极丑。

她看到自己费了半天时间做出的成果，撇撇嘴，把视线转移到许竹延身上。

他注意到她的视线，如往常一样微微笑，身体却不自觉往后退。

哪想到雪奈直接扑过来，拉着他的胳膊撒娇："要不，你帮我做吧？"

声音甜软，让人不忍心拒绝。

他无奈，微不可察地点了点头，算是答应。

"你不是喜欢她才答应的，是因为她那里有好吃的才不得不答应的。"他这么对自己说。

许竹延很聪明，照着电视里的衣服样式，搭配着布料，做了一件又一件，上衣、裤子、裙子、背带裙，越来越多，而且都很好看，雪奈很喜欢。

不久，连雪奈的妈妈也注意到这些小衣服，对他的作品连连点头。晚上还带了自己做的好吃的给许竹延送来，碰到许竹延的爸爸，在他的面前一通夸赞。

父亲在外面干了很多重活，见雪奈的妈妈过来，忙把脏外套藏在角落，听到雪奈妈妈夸许竹延，跪坐着，低头，像日本武士一样，说着："是，是。"

等雪奈妈妈走后，父亲立马变了脸色，脱下裤腰带，打了许竹延好几下。父亲觉得男孩子是要流汗的，做衣服是小姑娘才做的事，并生气地告诉许竹延以后不要再做这些。

“是，我知道了。”他这样回答，就真的再也没做过。

他是有别的爱好的，他喜欢读诗，喜欢那本从中国带过来的诗集。

有一天读到“千山鸟飞绝，万径人踪灭”的时候，雪奈在他旁边玩娃娃，撇着小嘴，觉得自己被冷落了。

被打之后，许竹延对雪奈也有些疏远。

“你念的这些是什么意思？”她听不懂中文。

许竹延虽然懂，可诗词还是太难了些，只好转移话题：“这首诗叫《江雪》。”

雪？

雪奈来了兴趣，指着自己的鼻子，是写我的古诗吗？

许竹延也不是很懂，模棱两可地点点头。

雪奈当即跳了起来，开心地转圈圈，从背后搂住他的脖子。

许竹延只觉得一抹温暖粉色靠过来，贴在他的耳边，说，你最喜欢的古诗都是写雪奈的，许竹延，你看，这是命运，你再也不能离开雪奈了。

许竹延没敢让自己觉得快乐，快乐都是很短的，这句话，他没和雪奈说。

【五】烟火

上学之后，雪奈依然每天都来找他玩，因为两人的关系，双方家长也变得熟悉。

跟许竹延家不一样，雪奈家是双亲都在的和谐家庭，父亲是刻板守礼的公司职员，母亲是家庭主妇。

雪奈母亲心疼许竹延，住得又近，对他关照很多，总来他家里给他做好吃的，会帮他处理蹭上污渍的衣服，还会在他得了很高的成绩之后，夸赞地摸摸他的头。

妈妈这个角色总是很神奇，可以做很多别人做不到的事，总是能给他别人不能给的温暖，即使那不是他的妈妈。

一晃就十年。

这些年父亲的工资变高了，孩子也要上高中了，两家就商量着去买独栋的房子，继续做邻居，雪奈围在许竹延身边，也跟着高兴得不得了。

搬家之后，两家的距离仅隔着一个花园，许竹延常去花园里帮阿姨种花，杀虫，之后某一天，把他五岁时给妈妈珍藏的樱花瓣送给了阿姨。

阿姨正在种花，转身看着许竹延对她真心实意地笑，开心地流下泪来。

彼时他十六岁，初长成英俊挺拔的少年。

高一开学时，他做自我介绍："大家好，我是青木竹延，请多多指教。"

几个字说得清楚，全然看不出小时候那般笨拙胆怯的样子。

那时流行不二周助那样温柔的动漫角色，少女们一下子对许竹延一见倾心，谁也没看出他笑眼里究竟有几分真情。

雪奈也长大了，面若桃花，四肢也变得纤细修长，穿着短裙水手服，也是让人忍不住瞩目的美少女。

她上下学和许竹延共乘一辆单车，坐在车后座，特意和许竹延离得很近，几乎要贴在他的背上，在那群整天缠着许竹延的女生面前，宣示她对青木竹延的主权。

私下里她不叫他青木，都只叫他的中文名，这个名字只有她一个人知道，像一个秘密一样，让他们的关系显得特别。

那年冬天的情人节，许竹延在车棚锁上车，回到教室后，看到抽屉里有很多女生送的巧克力，上面还贴了心形信封。

他没理，直接坐下来，放下书包，把书规整地放在桌面上，准备学习。倒是雪奈看到后反应极大，气鼓鼓地推开许竹延，把桌子里的巧克力拿出来，看着那些觊觎他的女生，一口一口恶狠狠地把巧克力吃掉了。

笨拙又可爱。

二月份的天气依旧很冷，学校宣布提前放学，雪奈很高兴地拉着他早点回家看她喜欢的动漫。

女生的校服只有露大腿的短裙，回去的路上，冷风呼啸而过，许竹延穿着长裤都觉得冷，他没说话，停车，把厚外套盖在了她的腿上。

雪奈僵直地坐在车后座，没敢动，她觉得自己的脸一下子被风吹得很红，在单车行驶后，她大起胆子，伸出手，搂住许竹延的腰，搂得很紧。

他没拒绝。

小心思飘得很远，她凑在他的耳边，问："许竹延，我们一起参加夏日祭吧？"

他们班里的女生说，夏日祭的夜晚，穿着和服，一起看烟花，最适合表白。

许竹延像是没看出她的心思，脚下单车骑得飞快。

风把声音吹到她的耳畔，一句轻轻的"好"。

那天之后许竹延情绪忽然有些不太对，雪奈心里想着夏日祭，也没注意，倒是家里父母吵得厉害，让她很是头疼。

课间，雪奈带着糖果，来找许竹延。

她坐在他对面，趁他不注意，往他嘴里塞了一颗，抱怨道：“好烦呀，怎么总是吵架，他们以前感情很好的。是时间久了都会如此吗？”

许竹延拿着书，感受到嘴里的甜意化开，愣了愣，看向窗外，回答：“或许吧。”

上课铃响，雪奈回到了自己的教室。

“雪奈，”窗外的樱花已经盛开，花瓣纷纷扬扬，吹落在窗口的白色纱帘上，女生早已远去，他对着空气开口，像她还坐在对面，不曾离开，“我听说美好的事物都会衰败的，你也会吗？”

没人回答。

夏日祭的前一天，雪奈收到了许竹延送她的礼物，拆开，是粉色樱花款式的和服。

许竹延背着父亲，熬夜做了好几个月。

她心里高兴，抱住他转圈。夜里她一个人在床上翻来覆去，怎么也睡不着。

他也喜欢自己的吧？一定是吧？不然怎么会对自己这么好？

那天他们晚上出门，穿过一排排灯笼与人群，许竹延给雪奈买了章鱼小丸子、鲷鱼烧、棉花糖，那些平时母亲不让吃的东西，他都给她买。

他们玩得欢乐，差点忘记烟火表演。

雪奈拉着他的手，找了半天，终于找了个极佳的观赏位置，手心出了一层汗。

烟火升空，如花朵般绽放，几秒钟后又坠落，消失无踪。

许竹延看着眼前的景象，木然地说了句："烟花易冷。"是雪奈听不懂的中文。

身旁的小小少女，穿着淡粉色的樱花和服，露出纤细的脖颈，有着比烟花还灿烂美好的面庞。她倚在他身上，沉浸在烟花绽放的喜悦里，笑着问他："你说什么？"

他只是摇头。

雪奈顾不上疑惑，她要在最好的时机里表白。她鼓足勇气，在下一个烟花绽放前开口："许竹延，我喜欢你。"

烟花骤然升空，伴随着巨大的声响，回应她的是许竹延茫然的表情。

他说："我听不到。"明明笑着，眼神却陌生又疏离。

雪奈的心，和烟花一起凉了下来，眼里蓄满了泪水。

骗人。

【六】樱花

几周后，雪奈一家搬去了很远的地方，她高中毕业就嫁给了父亲安排的人。

许竹延想，这也许是很好的安排，她从此过上柴米油盐的生活，再过几年也许会生个孩子，最多的担忧，也不过是孩子的学业问题，如此平顺幸福地过上一辈子，不会短暂，不会坠落成尘，是他想看到的结局。

偏偏没有。

他们很久没有联系，再见到是九年后，在她的葬礼上。

雪奈一家发生了车祸，唯一幸存的是雪奈一直紧紧地抱在怀里的孩子。

阿姨打电话来，让他过去，声音颤抖着，说，雪奈一定很想见你。

葬礼上，许竹延穿了一身黑西装，看着雪奈微笑的照片被印成黑白色，摆在葬礼中央，是很年轻的、没有皱纹的脸。

生命如樱花般，停在了最美好的时候，他会变老变丑，她却再也不会了。

阿姨看到他过来，本就红了的眼睛，哭得更加厉害。

她拉着他的手，一直对他鞠躬，说："对不起，对不起，如果当初不是我们，你们也不会分开，雪奈也不会发生这样的事情，是我对不起你们。"

九年前，在他们还是高中生的那个冬日，他骑车带着雪奈早早放了学。

他打开门，在玄关脱下鞋，还没等他说一句我回来了，就看到沙发上，父亲与雪奈妈妈赤身缠在了一起。

呵，一个是他敬重的父亲，一个是对他很好，好到他想把樱花送给她的雪奈的妈妈。

"多久了？"

那是他第一次以大人的姿态和父亲谈判，他端正地坐着，问正在穿衣服的两人。

"三四年了。"阿姨坐在对面，哆哆嗦嗦地回答。

"以后不要再来了，搬走吧，不然，我会告诉隔壁叔叔，父亲那边我也会往公司写检举信，毁了他的名誉职位。"

父亲气得骂他逆子，看着长大的儿子，却不敢动手了，阿姨哭泣着，求他不要告诉雪奈。

“你不说我也不会告诉她，这些事不能污了她的耳朵。”

雪奈的世界那么美，那里的花不应该早早就衰败，他不允许。

再后来，雪奈的父亲不知从哪儿发现了什么，愤怒地来揍了多年的老邻居一顿，没有张扬，带着全家搬走了。

如今，阿姨看着他，想摸一摸他的头发，手却停在半空迟迟没有落下来。

“我知道你一直是喜欢雪奈的，都怪阿姨。”

喜欢吗？

时隔这么多年之后许竹延问自己。他一向不擅长对待感情，甚至习惯规避感情，觉得那是如樱花般易逝的东西，不如在一开始就不曾种下。

可他现在站在礼堂中央，分明闻到了樱花的淡香。

是从什么时候开始的呢？

是夏日祭的烟火映在她的脸上，她笑着对他说的那句喜欢的时候？

是他收到巧克力后，她气鼓鼓全部吃掉的时候？

是她扑在他身上，笨拙地念着那首诗，说那是许竹延永远离不开雪奈的证明?

还是第一次见面，看到那双含笑的眼睛时，种子就已悄悄种下?

或许，在她邀请他去夏日祭时，他就已经知道她的目的，也做好了答应的准备，却偏偏造化弄人。

不远处传来婴儿的啼哭声，这孩子如今的亲人，只剩病重的阿姨了。

许竹延跪在雪奈灵位前，求阿姨把孩子交给他抚养。

阿姨捂嘴，哭泣着，连连点头。

十年了，那树樱花终究还是开了，在他不愿承认的时光里，又悄无声息地落下。

【七】江雪

保姆阿姨觉着，今日的森林似乎有些不同。

她擦着桌子，远远地听到孩子的哭声，洪亮到惊起了屋檐上的飞鸟。

她以为是哪个迷路的孩子误入森林，正打算出去看看，就听见门锁响动，门被打开。

外面温和的风吹进屋里，一向孑然一身的许竹延，很不熟练地抱着一个孩子。

他低着头，面对眼前这个还不到他半只手臂大小的小生命，有些不知所措，眉眼间却也掩饰不住对孩子真切的喜爱。

阿姨上前，惊奇得不得了，问他："这是谁的孩子？"

许竹延抬头，一眼看到桌前的那幅字，也是唯一一次，在那幅字前笑着流下泪来。

那是他最喜欢的诗，是柳宗元的《江雪》。

雪奈说那是他再也离不开雪奈的证明，却终究在多年后，不忍心让他活成诗里的那个样子。

"是我的。我的孩子。"

隐约雷鸣，阴霾天空，但盼风雨来，能留你在此
——《万叶集》

番外二
在 雨 中

【一】雨

桃子是个“卧底”。

春季的末尾，溯文路第三个路口的梧桐树下，那间两层楼的工作室，刚刚贴上招工启事。

她穿着长裙，戴着框架眼镜，是学生样的乖巧打扮，走到工作室门口，开门，带着羞涩腼腆的笑容，说：“老板你好，我想面试。”

老板叫桐衫，是刚从巴黎回国的设计师，早年间在日本学艺，现在独自一人在 A 市。

这是桃子早就了解到的信息。

她准备告诉老板，她现在大一，一直生活在A市，今天来是想找一份兼职。见桐衫一直不说话，还想着不行就再加一句钱不多也没关系。

没想到，桐衫在对面憋了半天，问了她第一个也是唯一一个问题：“做饭好吃吗？”

桃子愣了一下，点头回答：“很好吃。”

“好，”桐衫上前拉住她的手，生怕她跑掉，“现在就上班吧！”

她抽了抽嘴角，这会不会太随意了？如果她是来杀桐衫的，得手的速度可以打破吉尼斯世界纪录了吧？

到了夏天的时候，桃子领了她第二个月的工资，老板对她很好，听说她在赚学费，反倒多给了补贴。

让她想做对不起老板的事时都有些于心不忍。

她把工资存了起来，拿出一点钱买了一把蓝色透明的雨伞。淡淡的蓝色，在炎热的夏季也觉得清凉，透明的材质，在下雨的时候能够清晰地看见雨痕。

夏季多雨，大多又毫无预兆，这把伞很快就派上了用场。

商场外，雨水从天空落下，打湿树木和街道，越下越大，在路面上汇聚成小小的河流。

她举着蓝伞，走回工作室，看到工作室外的百年梧桐树下，坐着一个人，那人穿着格子衬衫，全身湿透，手搭在腿上，靠在工作室的玻璃前，有些落魄。

桃子赶紧跑过去，把伞倾向他，半蹲着给他挡雨，问他："你还好吗？"

那人的头发湿漉漉地贴在额头上，五官漂亮柔美，眼睛细长，像只森林里落难受伤的狼狗。

接下来这句话她几乎是脱口而出的："你愿意跟我走吗？"

那人刚刚还很落魄的样子，见她给他撑伞愣了一下，下一刻就勾起一个笑。

他目光灼灼地看着她，对她说："好啊。"

【二】伞

男生很高，站起来大概一米九的样子，比桃子高出好几个头。格子衬衫被淋湿，紧紧贴着皮肤，桃子隐约可以看到他的肌肉线条。

桃子脸一红，低头先去开门，工作室没有人，老板去了波兰。

刚刚看到的画面让桃子的脑子有些乱，想给他找条干净的毛巾都开错了柜子，递给他后也不敢看他一眼，转身想沏壶驱寒的茶，茶叶也失手倒了许多。

她觉得自己的脑子被雨水浸泡了，可明明她才是打了伞的那一个。

男生用干毛巾擦干头发，好奇地在店里转了转，停下后看到桃子从进门起就一直在忙，弯着眼睛笑了下，大步向前从她手里拿走茶壶，手指轻触她的手背，帮她倒水。

手背凉凉的，桃子的脸却有些热，和他搭话："我叫桃子，你呢？"

"我叫南山。"他回答道，端起自己的那杯茶，问到了正事，"你这里是不是有桐衫这么一个人？"

找老板？

桃子眨眨眼睛，坐在他对面，咳嗽两声，有些抗拒的意思，问他："你来找她做什么？"

桃子是有任务在身的，不能让南山占了先机。

南山没注意到桃子的心理活动，手摸下巴，想了想，目光瞥向门口的蓝伞："她借了我把伞，我要还给她。"

嗯？伞在哪儿？她怎么没看见？

"在我很困顿的时候桐衫帮了我，我欠她一个人情。"

总算说了句桃子能听懂的话，可她瞧着南山眉眼间的神情，总觉得没那么简单。

“你不会喜欢我家老板吧？”她有点希望得到否定的答案。

南山倒是大方地承认：“有那么一点吧。”

这可不行。

她拦住南山，告诉他以后不要来了，老板只能是杨斐哥哥的。

“杨斐是谁？”

“是天才钢琴家，喜欢老板很多年了。”她说得骄傲，眉宇间带了神气。

南山笑得玩味：“哦？你喜欢他？”

桃子果断地摇头：“我敬仰他。”

桃子家境不好，在初中时得到杨斐哥哥的资助，才得以顺利完成高中的学业，现在自己打工支付上大学的学费。

她一直都有打工赚钱，想有一天能把钱还回去，在得知杨斐哥哥喜欢的桐衫姐姐回国后，她就主动要求来桐衫身边做卧底，汇报桐衫的情况，不仅能打工，还能还些情谊。

“如果要把恩情比喻成伞的话，我也欠杨斐哥哥一把。”杨斐哥哥可以不在意这把伞，她却不能不想办法还回去。

最关键的是来工作室之后她发现杨斐哥哥并不是单相思，老板明明也喜欢他。

桃子决定帮杨斐哥哥把这个情敌打败，说书先生一样杜撰了很多他和老板的故事，在惊天地泣鬼神的情况下又力求真实，最后当着南山的面摇头。

“相信我，你没机会的。”

南山没像桃子预料的一样放弃，连眉头都没有皱一下，反倒“扑哧”一声笑了：“桃子，你说的这两个人，我都见过，也聊过天，好像不是这么回事吧。”

桃子脸羞得通红，人生头一次撒谎，竟然被当场抓包了？

【三】宠物

南山这人，似乎比桃子想象中的还要难缠，每天都过来找老板，还给她带很多女孩子喜欢的小零食，收买人心收买得很有手段。

三天过去了，南山还是照常敲门，桃子在厨房做饭，没理，却在敲门声中听到了别的声音夹杂其中。

狗叫声？

她来了精神，放下锅铲，冲到门前。

那是只棕色的小奶狗，眼睛细长发亮，小尾巴就桃子小指那么大，见她来了摇得很欢，碰碰它的头，温软的小舌头还会舔她的掌心。

真可爱，“少女桃”完全控制不了自己，开心地把它从南山怀里抱走，左转右转要给它找好吃的。

南山站在门口，看自己被冷落有点哭笑不得。

桃子找了个小碗，把自己刚煮的排骨汤给它喝，问南山："哪儿来的？"

"外面捡的，大概是原主人不要了，你看它右腿瘸了，我发现的时候它全身发抖，肚子扁得应该很久都没吃过东西了。"

还真是，刚刚站在原地看不出来，现在小狗吃饱喝足在工作室转圈，就看出来走路不太正常。

"太过分了。"桃子有点生气，蹲下身抚摸小狗的毛发，温柔地安慰它，"没关系，那今后就由我来照顾你吧。"

阳光照在他们身上，女孩子笑得很甜，和小动物一样温温软软的，室内飘散着排骨的香气，这里好像瞬间变成了一个温馨安定的家，那一刻，南山觉得自己的心房也由经年不停的雨变得阳光普照起来。

就在南山愣神的瞬间，桃子仰头，对他说："是你找到的它，给它起个名字吧？"

南山摸了摸下巴，假装认真思考起来："要不文艺一点的吧？"

桃子点头，有点期待。

"二狗子怎么样？"

文艺得简直不忍直视。

二狗子很听话很好养，总是绕在桃子身边，大概是被丢弃过，做什么都带了份谨慎小心，时刻怕她生气。晚上她回学校，二狗子贴在门口玻璃上看着她走，第二天回来它还在原来的位置一点没动地等她回来。

桃子心疼它就加倍对它好，排骨也买了双份。

南山借着看二狗子的理由，也常来工作室，带了一堆狗玩具和零食，被宠爱的二狗子也变得更加活泼大胆起来。桐衫不在的这段时间，桃子做的那些好吃的排骨都进了南山和二狗子嘴里。

别的不说，桃子的厨艺可是一流的。

“好吃吗？”桃子等在一旁，期待地等着南山的反应。

“好吃！”南山眯起眼睛，点头。

看着南山吃得欢畅，桃子也开心，莫名觉得南山长得和二狗子有些像，那种让人忍不住对他好一点的感觉都相同，压抑着摸他头的冲动，桃子起身去厨房续了碗汤。

奇怪的是，桃子渐渐有一种自己养了两只宠物的感觉。

【四】离开

桐衫从波兰回来后似乎和杨斐哥哥相处得很好，每天都恩恩爱爱地腻在一起，桃子这个卧底也很高兴。

南山来的时候都搭不上话，只能一个人逗狗，桃子怕他难过就去安慰他。

南山抚摸二狗子的毛发，好像也不怎么在意桐衫那边，笑着夸她把二狗子养得很好。

桃子站在他旁边，语气故作随意，目光看向别处："当然啦，我养什么都养得很好的，要不我连你一起养了吧？"

南山看着她不说话，目光深沉，桃子大着胆子回视却理解不了其中的意思。

"哈哈，我开玩笑的。"她抢先回答。

这样避免了尴尬，可也听不到拒绝的理由，或者一句安慰不了任何人的对不起。

不知道南山是越来越忙了，还是有意躲着桃子，渐渐地，在工作室里看不到他的身影了。

她以为再过些日子情况就会变好，他觉得不尴尬了，她也放弃了，就可以像朋友一样相处了，可是变故来得比她想象的要快。

因为历史遗留问题，老板要和杨斐哥哥分手，要离开中国，南山当时就在老板旁边，他说要和老板一起去日本。

她那时候刚从厨房出来，手里还端着一盘黑椒牛柳，看着南山拉住老板的手臂，盘子一下子掉在地上。

那天的晚饭是他们一起吃的最后一顿饭。

桐衫吃到一半忽然哽咽起来，看着桃子，说："桃子做饭最好吃了，不知道下次吃是什么时候了。"

桃子也红了眼睛，她以后可能再也遇不到比桐衫更好的老板了。

饭后，南山跟着桃子进了厨房。

他说："我之前和你说的还伞的事情，前几天我已经筹备得差不多了，现在要先和你老板一起去趟日本，不知道多久才回来。回来之后我叔叔那边也很麻烦，这件事应该会纠缠很久。"

"嗯。"桃子手抖，倒了很多洗洁精，碗筷上随便一擦就满是泡泡，有些心虚，不敢看他的眼睛。

"桃子，"南山叹了口气，语气有些无奈，"我欠桐衫的就快还了，可我却不知道我欠你的要怎么办了。"

这话说得奇怪，一向温柔的桃子，不知哪里来了一股火气，打断了他："你不欠我什么，我不喜欢把每一分都算得清楚，感情债什么的，你还不了，就当那天下雨你从没来过吧。"

南山看着她生气地走出厨房，呆了半晌，用手把衬衫袖子挽起，打开水龙头，低头帮她洗碗。

其实他也搞不清自己算得这么清楚的原因，是真的斤斤计较？还是觉得有了牵扯，才会有再见的一天？

他又欠她什么呢？是下雨天的一把伞、是喝了那么久的排骨汤，还是喜欢却不忍心让她和自己在一起的情谊？

【五】夜袭

桐衫和南山走后，桃子每天都会来工作室遛二狗子。

一个多月后，她渐渐觉得不太对劲。

这两天她出门买东西总觉得有人盯着自己，偏偏二狗子生了病，带它去宠物医院回来后，已经晚上八点半了。

街道上人还很多，有街灯照在路边，她着急赶在寝室关门之前回学校，经过一条巷子，桃子捂紧钱包，大着胆子准备跑过去。

可还是被抓住了。

对方是个比她壮很多的大叔，拿着匕首，凑近她时一股烟酒味，抓着她的胳膊："小姑娘一个人？我观察你好些天，可算让我逮到机会了。"

桃子想尽快挣脱，奈何力气太小，怎么也挣脱不开，拿起手边的瓦片砸在了歹徒身上，却被歹徒反手摔在墙边。眼前的画面模糊起来，她心想这下完了，却在昏迷前看到了南山的脸。

南山拿起身边的木棍吸引歹徒注意，一番搏斗后，歹徒受伤逃窜，他也被刮伤了手，俯身，把角落里的桃子抱了起来，力气很大，把她捏得有些疼。

第二天，桃子躺在了医院里，过度惊吓，好在没受伤，醒来后迷迷糊糊的，也不确定昨晚看到的景象是不是自己的幻觉。

出院后，她去小巷里找过，那里确实有一根木棍，木棍上还有不知是谁的血迹，可那又怎么样呢，那之后她还是再也没见过南山。

后来日本地震，因为担心地震中的老板和杨斐哥哥，桃子也去了日本。

万幸的是，两人都平安无事。

照顾他们的时候，有一次老板有意无意提到南山，说他其实很重情谊，但是身边的糟心事太多了。

“他叔叔不是善类，有黑社会背景，即便南山在生意场上打败叔叔，也难保叔叔不会打击报复他身边的人，我问过他，他说叔叔那边解决之前，不想耽误别人。”

桐衫说让桃子只当错过了，短暂怀念一下，不要陷得太深。

这世上多风雨，能在同一把伞下避过雨已经是缘分了，天晴后，别人去了哪里又何必追问呢?

【六】在雨中

两年后的秋天，桃子大四出来实习，租了个小屋，把二狗子养在了那里，它长胖了很多，不变的是自始至终都很黏她。

因为老板对桃子的影响，她找了个设计师助理的工作，每天都很忙，很充实，也没空想起谁。

上个月，她收到老板和杨斐哥哥的请柬，他们在经历了一个两年多的环球旅行“蜜月”后，已经把孩子生出来了，下个星期就满月了，是龙凤胎。

聚会是小范围的，地点是在A市著名的酒店，来的都是他们熟悉的朋友。

桃子那天下午请了假，去得早，人才到一半。

桐衫刚生完孩子，脸还有些圆润，但身材恢复得很好，看着多了几分温婉的气质。桐衫旁边站着的是杨斐，比桃子初见他那会儿多了太多笑容，看桐衫走路时粗心，还时刻帮她挡着周围的棱角。两个刚出生的小朋友被分别抱在妈妈和爸爸怀里，一个穿粉衣服，一个穿蓝衣服，很是引人注目。

桐衫看到桃子，笑着把她叫过来，让她分担了一个，跟她说：“我们要搬回A市了，你现在是不是还在当设计师助理，我给你双倍工资，要不要回来工作室？”

桃子抱在怀里的是男孩，五官像妈妈，眼睛很大睫毛很长，鼻梁挺挺的，性格像爸爸一样安静，在她怀里很乖，也不闹，粉嫩嫩的一团，甚是可爱。

她开心地点头答应，却又无端地觉得如果某人也在一定是更圆满的结局。

她临时有事，走得匆忙，下楼快接近门口的时候，却被告知外面下起了雨，而酒店的备用雨伞都已经被借光了。

桃子走到玻璃门前的屋檐下，手挡在头上，看着雨帘，认命地往前冲，被淋透了，刘海贴在脑门上，跑了一半又折回来，不行，雨势太大了。

正踌躇着，一把蓝色的透明伞挡在了她的头上。

来人穿着格子衬衫，比她高，俯身问她：“你愿意跟我走吗？”

这画面有些熟悉，像是回到了两年前，桃子知道是谁，她扬起头，甜甜地笑了：“好啊。”

伞下，桃子看着被他挡在外面的雨帘，说：“二狗子被我养得很胖很活泼，有空我带你去见见吧？”是藏了小心思的下次约会的邀请。

南山笑了，看着桃子：“好啊，其实我见过很多次了。”

“啊？什么时候？”

嗯，在刚从日本回来后，在创业初期，在和叔叔对抗最激烈的时候，他都躲开众人悄悄来看过桃子，却从未打扰过她平静的生活。

现在南山终于驱散了他身上经年不停歇的雨，可以有能力给她撑伞，迎接一束属于他的温暖阳光。

“很多，很多时候。”

隐约雷鸣，阴霾天空，但盼风雨来，能留你在此。

隐约雷鸣，阴霾天空，即便天无雨，我亦留此地。

——《万叶集》

图书在版编目（CIP）数据
繁星 / 溯汀著 . -- 上海 : 上海文化出版社 ,2017.11
ISBN 978-7-5535-0795-8
Ⅰ. ①繁… Ⅱ. ①溯… Ⅲ. ①长篇小说-中国-当代 Ⅳ. ① I247.5
中国版本图书馆 CIP 数据核字 (2017) 第 160752 号

责任编辑　蔡美凤
特约编辑　廖　妍
装帧设计　刘　艳　米　籽
特约绘制　苡米昔
印务监制　周仲智
责任校对　彭　佳

繁星
溯汀　著

出　　版　上海文化出版社
出　　品　上海故事会文化传媒有限公司
　　　　　（200020 上海市绍兴路 74 号　www.storychina.cn）
发　　行　上海世纪出版股份有限公司发行中心
印　　刷　长沙鸿发印务实业有限公司
开　　本　880×1230　1/32　印张 9.125
版　　次　2017 年 11 月第 1 版　印次 2017 年 11 月第 1 次印刷
书　　号　ISBN 978-7-5535-0795-8/I.252
定　　价　32.80 元

上海故事会文化传媒有限公司 出品（00692）www.storychina.cn

本书如有印装问题，请与印刷厂联系调换。联系电话：0731-82755298